无用之美

林曦 著

北京出版集团
北京十月文艺出版社

新经典文化股份有限公司
www.readinglife.com
出 品

傳說廣西陽朔福建武夷蜀南皆產墨猴大僅如拳而毛悉金色或漆黑兩目爍爍有光能棲筆筒中蟠曲睡眠置之書案間欲使磨墨則叩案數下猴即奮迅出以兩前足捧墨而磨之使之止即止又能於花草盆間拔草捕蟲以果飼之即可 辛丑冬 林曦

生命的实在和甜蜜，
是在一点一滴的认真和托付中积攒而来的。
"美，甘也"，
愿我们都拥有心灵的甘甜。

目 录

序
天下晴空一羽毛

无用之美
"无用"的艺术,甜的人生

无用之美 　　　　　　　　　　　　　　　　　3
美育关于快乐的人生 　　　　　　　　　　　17
笔墨游戏 　　　　　　　　　　　　　　　　31
爱艺术的小朋友,让我助你一臂之力 　　　　47
"门外汉"如何看懂艺术? 　　　　　　　　　63

手艺人的快乐
最可靠的快乐

独善其身的准则　　　　　　　　　　　　　　71
半如儿女半风云——齐白石的匠心与天真　　83
文墨可爱　　　　　　　　　　　　　　　　101
看海棠的闲情逸致　　　　　　　　　　　　119
手忙心闲　　　　　　　　　　　　　　　　135
功夫与才艺　　　　　　　　　　　　　　　155
境界的转化与提升：答案在练习里　　　　　169

尽心于寻常事中
关于幸福，最快的那条路

如何平衡工作与乐趣　　　　　　　　　　　185
开卷如何才能有益　　　　　　　　　　　　199

在人际是非的世界里得自在	207
信仰的帮助	215
分歧永存,我们想成为怎样的孩子和父母?	225
你为爱做了什么?	241
今夜让我们少谈一些高远的志向,来多吃一些好吃的吧	259
提问林曦	276
林曦的提问	288

序
天下晴空一羽毛

　　这世界是个丛林，我们从来不曾离开其中成王败寇、适者生存的状态。远古时，生存的现实格外鲜明，人们被猛兽追赶，深谙非有即无的现实，非奋力奔跑、奋力争夺不可。走到今天，我们依然活在那样一套游戏规则中，虽然它充满压力，但确也是一种驱动，让人不断追求和进步着。

　　但这种驱动的问题是太过于耗能。因为动力源于人对危机的恐惧，我们因不安而进取，于是得失胜败成为绝对主导，这让人始终处于一种紧张状态。且它没有止息，用叔本华的话说，便是实现一个目标之后，新的目标和欲求又马上产生，更多的压力和痛苦也随之而来。

　　人的那一颗心有点像皮筋，如果一直处于紧张的拉扯和刺激中，就会失去它的韧性和力道，陷于深深的倦怠中。这种倦怠和耗损可能体现为注意力不足，也可能是觉得一切都失去了意义，或需要更强的刺激来"激活"。虽然疲累，但心中的恐慌总令人希望在其中找到"安全"的位置，周而复始，便进入一种人类特有的负面循环——即使得到再多、再成功，依然觉得索然无味，依然在紧张、倦怠、刺激、无聊、寻求新刺激的循环中辛苦打转。

回顾自己的成长，我发现在以压力和恐惧为驱动的模式之外，还有另一个模式。我们需要意识到事情有"没什么大不了的"那一部分。外在现实中，并没有置人于死地的狮子追赶，失败和求不得是一生中的常事，对它们的许多恐惧，其实更多源于我们的设想，以及允许自己被外界标准和他人成就所裹挟。

于是，我们还可以基于一种内在的动力来前进和生活——跳出那个战而又战的逻辑，让个人的命运和体验可以在一定程度上与外界的功利现实脱钩。这样我们能够更关注自己的发心和感受，进而也更容易在事情中轻盈快乐地前行。

我们可能很久都无暇关注自己内心真正的感受和需求了。但生命中最有意义、最能激发生机和热情的，不是由生存状态带来的压力，而是来自心中的热忱和自发的动力。当人精神放松，从丛林式的战斗转入愉悦模式，源源不断的动力便自然升起了。那是一种更有效的状态，相比充满"不得不"的压力驱使，内驱的力量更大更为纯粹，也更具有贯通性，于是我们也更有能力令事情变得更好。

在那样的状态中，意义和满足也在当下生成了。我们不必完全被动地依赖于成败得失的结果，而是可以寄身于现在的兴味和高质量的体验里，让每一刻都有被满足、被安抚的机会。于是，我们可以真正地和世界、和人生游戏起来，得失因此不再是最重要的那件事。也是因为这样的尽力投入，游戏的结果反而更有可能呈现出最良性的状态。

我想，那便是"无用之美"的意义与效用。相对以结果为导向的有用（压力）模式，它消融了外在目的，让"用"的意义变得相对较轻，于是我们可以在一定程度上脱离紧张消耗的状态，心也便有了空间和机会，去燃起生命的热情，生长美和满足。"美，甘也"，美是一种甘甜的体验，相比功利世界中基于效率的"无情"，这种模式更关注我们的内心是否有真实的甘甜和满足，它是那个更优的源头与动力。

而那些结果、那些事关成败得失的部分，也许可以更多地被视为一种我们做对了事情的印证，一种因为我们好好对待和享有了生命之后的顺带结果。我们不为了冠冕而活，只因做好了自己、尽到了本分，它便来临并闪闪发光。并且，在这种以"无用"为导向的正面的情况下，我们也大有可能在自立、自足和自在的过程中，慢慢与外在和解，获得更好的交融与合作。

我们可以恰好符合外在的标准和期待，但外界并不能限制或定义我们，把人拘在其中。那个功利的世界，应该被作为一种"工具"，借助此成长、在其中找到事情内在的意义和自我成长的可能，才是我们的目的和方向。

十多年前，大家对科技未来带给人类的挑战的认知还并不鲜明。近年来，人工智能的发展又有了飞跃，大家开始讨论 AI 到底会替代我们做多少事情、现在的教育是否有意义、在未来世界中我们该如何自处？

许多事情都可以被代劳，但人类绝对无法被替代的，便是那种基于心灵和情感的驱动而来的创造力和满足吧。那是一切的源头，也是一个至大的空间。我想，那种来自内在的力量和踏实、无限而真实的可能，以及由此带来的自我价值，会是引领我们走在此刻和未来的指南针。

* * *

十多年前,我做了一次主题为"无用之美"的演讲,从那时到现在,也一直教授着以"美"为核心的课程。十多年后,觉得自己对这个题目有了更多的感触。

这本书,便是这些年中我对于"无用之美"的一些经验和心得,内容以我过去十年的思考、演讲、各种形式的分享为基础。它们分为了三个部分:"无用之美""手艺人的快乐""尽心于寻常事中"。

在"无用之美"中,我在尝试解释这件事之于我们的重要意义。从如何去感知内心所向,到美育与快乐人生的关系,从以艺术和美助力小朋友的成长,到"门外汉"如何看懂艺术,等等,这部分内容是关于美和艺术对日常生活的帮助和滋养,我们可以怎样去看待和体验生命,如何选择它的运行模式。

"手艺人的快乐"则在于如何去实践和抵达。在这些年的教学和实践中,我深觉艺术和技艺是一种极好的可以凭借的工具和途径,并尝试着分享心得和一些操作的原理。从我多年前就说起的"独善其身"原则,我们所需要的专注、内省和终生学习的能力,到齐白石先生的艺术和人生之道,以及如何趋近"手忙心闲"的状态——不管如何认同,最重要的依然是身体力行地去做,就如其中一篇文章的题目——"境界的转化和提升:答案在练习里"。

"尽心于寻常事中"的内容,是关于我们身处这个世界上那些最普遍也最重要的事情。工作与生活间的平衡,对亲子关系与爱情的认知，信仰之于人生的价值，好好吃饭的重要性，等等。这些日常之事，是我们努力的真正落实处，也是人生的答案和收获本身。在其中，我分享了写给儿子糯糯的信，还有做饭的一些菜谱，因为太享受好好做一桌饭菜并与家人一起认真享用的感受。生命的实在和甜蜜，便是在这些一点一滴的认真和托付中积攒而来的。

我想，我们总是需要更加具体一些的，令"无用之美"不只是一个概念。只有真正有益于我们的生活，它才是那令人安心、可以为此付出和倚仗的存在。

另外还有一件事，便是我们也须深知，没有完美之境。遵从自己的内心，也不会只有快乐和顺畅，同样须得付以勤恳与自律，同样也须承担不尽如意和不可控制的部分。对于此，古人早就认识到，要"甘苦如常"。那个"甘"并不一定是蜂蜜的滋味，也有可能是喝下一杯老茶，微微苦涩后升起的余味和回甘。可以甘苦如常，是因为怀抱着对此生的真实认知和珍视。

愿我们都拥有心灵的甘甜，即便身在一生的功课和负荷中，那些由衷的热情和满足，还是会令人觉得不虚也自得，犹如书中提到的王芗斋先生的那句诗，"天下晴空一羽毛"。

（对了，书的最后有一个我给大家的问题，很希望看到你的回答，但更重要的是，你要为自己而答。）

林曦

无用之美

「无用」的艺术，甜的人生

无用之美

用心灵的舌头,去品尝真实的甜蜜

另一条路

我在中央美术学院读书的时候,当代水墨这个概念非常红火。画面脱离了传统的诗书画印的形式,大多是古代笔墨世界里不曾出现的关于现实与当下的表达,也不乏来自表现主义的夸张和变形的呈现。

中国传统水墨这种非常古典的形式,如何融入潮流,更当代,更入时,是当时大家关心的问题。

我的画面通常比较干净,喜欢画的题材多是小花、小物、小孩儿。老师曾中肯建议,要敢于"脏"一些、大胆一些、泼辣一些。也依言尝试。但一些时间下来,虽然手头上有了些功夫,尝试过不少风格和题材,但觉得那些已经获得了成功和叫好的内容、样式,不是自己要画的东西。

虽然我参加的所有展览几乎都以"当代水墨"为名,但从小临着八大、石涛、齐白石、张大千长大,自觉与这种传统的诗书画印的样式更为亲近，于是在眼下的大环境和语境中，有些不知道方向在哪里。

那是我当时一个很大的困惑，我该怎样画？

在一个画展上，我认识了画家彭薇老师，我向她请教了我的问题。

她说："你知道吗，我们比较容易陷入一个横向的比较系统，就是去看当下最时髦、最流行、最火、最被人称道的那些样式，然后总是希望去模仿这些样式，而不顾自己究竟是怎样的。"她认为，其实我们都忘了还有另外的路，比如一条纵向的道路——传统，我们也可以转头去到那里，去向古人学习，和他们相比。

就是这样一句话，解开了我当时的心结。我至今仍然非常感谢她让我的思路变得清晰，不再陷滞在一个标准中缠斗和求解。

我喜欢诗书画印的传统样式，喜欢近处的日常，喜欢干净又美丽的画面。那是我熟悉而亲近的东西，不必苦思冥想如何才能出奇制胜，而是自然流露。我想，其中的表达，即便只是无数画面中很小的一角，也会因为我的真诚而具有生机的光彩。

心中的一束光

学画画，从技术的角度，需要实践和足够的时间积累。但我想其中最核心的不是技巧，而是先要知道，自己想画什么。

最简单的方法，就是感受我们会被什么吸引，是什么令我们的眼睛发亮，然后去画。当发现因为技术的限制，我们画不出来自己想画的东西时，就去学习。但永远不要学了一堆技巧，做了许多的规划，到头来却不知道该画些什么，或者只是被一些厉害的东西或流行所裹挟。

后来我画了很多文房器物，都是我最喜欢的也是日常相伴的东西，笔山、佛手、书本、香炉。我还画了很多小朋友，画他们的桃子脸，以及或专注或茫然的表情，我太喜欢它们了，眼睛太容易捕捉到它们。我还画过一套扑克牌，致敬我喜欢的明代画家陈洪绶。他画在牌上的是水浒人物，我画的都是小小的东西，太湖石、麒麟、小鸟、祥云……

其中很深的体会就是，那种感觉有点像我在一个光线很暗的地方，看不清楚周围和更远的地方，但有一束光打在面前，它吸引着我，让我可以往前走。

我也曾经收到过很多的建议和意见，你应该这样，你应该那样，怎么样才最容易火，但最后令我决定画什么的，永远是心中的这一束光。

所有爱艺术的人，应该都很爱那个单纯的感觉——像小孩子一样，被一些东西吸引着。

那不是一种由逻辑系统推理而来的东西，不是说逻辑推理不好，而是要知道，生命里有些东西是无法"科学"和"理性"化的。比如，我们为什么来到这个世界上，我们为什么会喜欢一些东西，为什么见到一些人会觉得一见如故——有太多重要的事情，其实还没有答案，但本质而纯净，充满着力量。

我们所处的自然，能量远远大于人工可揣测和操纵的。所以我倾向于放下和臣服，放弃权衡和算计，多一些感受和行动。这大概需要一种胆识，即能承担一些压力、跨过一些功利得失。至少在我的体验中，当跨过了得失、向那一束光纵身投入时，老天爷往往会给你很多的支持。

就像稻盛和夫所说，当我们进入全身心的专注状态，相关的事物会主动向我们发出正确行事的引导，而我们只须依计行事即可。

最终梦想

后来，我开了一间教室，教授成年人写字画画。2013 年初，我们做了一个展览，其中一件作品是教室的同学一起临写的《颜勤礼碑》，裱起来后，是好大一张，布满了一面墙。

在外面一些观者的眼中，这是一幅看起来有点"厉害"的作品，但我知道它的背后有什么——是许多成年人在忙碌的工作和生活中分出的一些时间和专注，他们在其中郑重而珍爱地做着一件看似无用的事。

琴棋书画诗酒花与现实功利无关，但由此我获得的满足快乐之多，太难用短短的语言来描述。我知道同学们也是如此，比如有一件很小的事，一位同学给我写信说："老师，我自从上了画画的课程后，发现我的世界都改变了。"

她说，因为画画要学观察，她才会去看那些树叶。定睛一看，才发现秋天的树叶跟春天的树叶是那么不一样，这片树叶和那片树叶是那么不一样。日常里视而不见的普通一景，让她感受到了一种扎实的美和生命力。在日常的生活中，这是消失已久的感受和快乐。

相比画得一幅好画、写得一手好字，我觉得这是更重要的长进和收获。看树叶如此，同理，如果换一种眼光和心情去看待容易让人觉得平淡又烦琐的生活种种，又会是如何？

我常被问到，这间教室跟别的教室，或者别的学书法学绘画的地方有什么不一样？

我想大概是思路。

教室的墙壁上贴着一段话：

> 这里有传统的修养学习和实践，也致力于启发当代的思考和创意。推崇一种非功利的学习态度，扎实精进且享受当下。理想中的暄桐，是为心灵开启一个向内的空间，以求吸纳体验未知的美好。暄桐的最终梦想，是来到这里的同学，不会得意于某种技艺的熟练高明，而是喜悦于找回最珍贵的持有：一种积极慈悲又从容出世的情怀；一颗回归调伏安定又活泼生动的心灵；一双能与古人精神往来的眼睛，和创造当代意义的充满才能的双手。

我们的思路在于，学习一门技艺，并不因为它多"有用"，或是

唐顏勤禮碑

唐故秘書省著作郎夔州都督府長史上護軍顏君神道碑

曾孫魯郡開國公真卿撰并書

君諱勤禮字敬（闕）琅耶臨沂人

高祖諱見遠齊御史中丞梁武帝受禪不食數日一慟而絕事見梁齊周書

曾祖諱協梁湘東王記室參軍文集十卷見梁史

祖諱之推北齊給事黃門侍郎隋東宮學士齊書有傳事具家傳集序君父兄弟竝著

述家訓一部合二十篇行於代

祖集序君自作後序銘其墓

有子八人

元孫

君幼而朗悟識量弘遠工於篆籀尤精詁訓秘閣司經史籍多所刊定

義寧元年十一月從太宗平京城以

學士授朝散大夫行直

秘書省學士如故武德中授右領左右府鎧曹參軍九月授輕車都尉兼直秘書省

貞觀三年六月兼行雍州參軍事七年十一月授著作佐郎

十年七月授詹事主簿

轉太子內直監加崇賢館學士宮廢出補蔣王文學弘文館學士

永徽元年三月制曰具官君學藝優敏宜加奬擢乃拜陳王屬學士如故

俄遷曹王友

無何拜秘書省著作郎

君安車駐馬聞家

人同乘東（闕）過洛

下殆非所以飭躬守貞之誼也

遂約

戎馬勍敵恐不支晷

萬方爲憂爲懼書則不遑筆札食則未嘗

六十三

嗚呼哀哉銘曰

让自己看起来多厉害，而是经由这件事情，去向自己的内心，让长进了的功夫和心力，帮助到自己的生活。

饱食而遨游，汎若不系之舟

上述种种，我把它们称作我的"无用之美"。

第一次知道"无用"的意思，大概是在小时候读《红楼梦》。贾宝玉提到了《庄子》里的一句话，"巧者劳而智者忧，无能者无所求，饱食而遨游，汎若不系之舟"。

意思是说，一个认为自己并没有太多用处、不承担什么使命的人，有可能过得最开心，因为他很安于自己的状态，只要安心，就可以在当下的生活中得到充分的享受。

说到这里，我会想起曾经在巴黎左岸遇到的一个流浪汉。天气不好，他就躲在街角避雨的地方，自己喝点东西，看看外面。天气好的时候，他就脱了衣服晒晒自己，特别知冷知热。他拿着瓶果汁，敲敲路边的车门，"兄弟，给支烟"。车上的人就很自然地递给他一支。那三天我都在留意他，他就在那条街上走过去，走过来，脚步轻松。

在巴黎看了那么多人，感觉数他过得开心轻松，就想起《庄子》里的那句"饱食而遨游，汎若不系之舟"。他的生活大概是见底了吧，"也就这样了"，但他觉得这样也行，然后就获得了某种自由。快乐的自由，跟天气一样，是很自然的一种自由。

我们不是说要放下这一生的责任去当流浪汉，而是说他带来了一种启示。一个人的快乐，真的可以不那么依赖外在的东西，也可以不必显得很厉害。如果你愿意，就可以把自己托付在这一冷一热、一根烟、一口水、一幅画中，过得还不错。

无用之美

什么是"无用之美"，也可以解释得更深一点。

先说"用"。再简单不过了，"用"就是做出一个行为，作用于一个对象，然后产生一个结果。

在一个"有用"的世界里，最显见的是目的。有目的就会有得失，有成功和失败，于是也就会有痛苦和纠结。

由此，我们把很多时间都花在了让自己不开心的事情上，也太少跟自己在一起。我们总是去关心别人在做什么，而不关心自己真正需要什么、哪些人和事对自己真正重要。如果有时间静下来，扪心自问，就会发现，为了追逐这些"有用"，我们内心是缺乏关照的。

在一个"无用"的世界里，不是说不要去产生结果，而是我们可以专注在一个向内的世界中。比如写字，那么软的毛笔，当我们能控制好它、写出适宜的笔画时，心一定是非常专注和安静的。那时候我们不用成为任何一个另外的人，也不用想要去讨好谁，就已经在享受着安心和快乐。

"用"在古代哲学的领域，通常跟另外一个概念在一起，就是"体"。体的意思是事物的本质和内在，它向外呈现出来的部分，即是用。所以我们可以这样来理解："无用"不是没有用，作为一个不向外求的核心，它是一种基础和源头式的存在，并且我们需要通过一些方法，去长养它。

那什么是美呢？

"美"在《说文解字》里的解释是："美，甘也。"甘是甘甜，也就是说美是一种甜蜜的味道。我们都吃过甜的东西，或者应该都记得小时候第一次吃糖时那种发自内心的幸福感。古人说，那个滋味就叫作"美"。

在《瑜伽上师最后的十堂课》这本书里，作者提到，我们应该如何接近这个世界的真实呢？他说，你应该去品尝，用尝一个东西那样的方式去体验、去品尝，如果你能感受到一种非常真切的甜蜜，那么它就是真实的，因此它也是美的。

此时，我们可以回忆一下，现在努力的一些事情，品尝起来真的是甜蜜的吗？我不知道答案，但有的时候，当我沉溺在一件不好或者不开心的事情中时，我就会这样警醒自己，去用心品尝一下。

当我觉得它甜蜜，我就去做；当我觉得它不甜蜜，我就停止。我们大概不会经由一个痛苦的过程到达一个快乐的地方，只能经由一个快乐的过程，到达一个快乐的地方，或者经过超越快乐的过程，到达超越快乐的地方。

体会甜蜜的三个建议

时间转瞬即逝。有朋友跟我说,人生太短,短到你不能搞砸。我很担心自己搞砸这唯一一次的人生,所以每次做决定的时候,都如履薄冰、如临深渊地去品尝——不是去权衡利益,是去品尝这件事情在我的心里、在我的每一滴血液里,能不能有甜蜜的味道。

每个人都有自己心灵的舌头,你可以去尝,尝到甜的时候,就跟着它的指引去。就像我儿子糯糯小时候在院子里玩,看到漂亮可爱的阿姨就会笑得特别甜一样,这大概不是需要学习的事。

所以,美也可以是没有理由的。你看到一盘水果,抓起一个看上去最熟最甜的,拿起来一咬,然后觉得它好好吃,其实就是这么简单。但是我们往往不太相信自己,而比较愿意相信他人的言论或保证。

关于如何去体会这些甜蜜,我想给大家一些建议。

第一个建议,建议大家在床头放一本诗集,比如唐代的诗歌、宋代的词,或者是你喜欢的西方诗人的作品。读一读那些"不着边际"的文字,会帮助我们从具体的柴米油盐中扯脱。

第二个建议,可以试一试每天临睡前,静坐十分钟,哪怕五分钟也好。闭上眼睛,缓缓地呼吸,然后看一看自己内心的世界到底有什么。其实我们内在的世界和外在的世界是完全相应的,也有太阳、有河流、有树、有风在吹。

第三个建议,试着把自己脑子里那些不着边际的想法放下,想一想你觉得什么事情是真正重要的，它会决定我们的选择。

比如，某一个早晨，我觉得刚开放的那一朵花很重要，就会很早爬起来去画它，哪怕我很困。比如，我觉得给家里人一个拥抱、说一些甜言蜜语很重要，那么即使出了门也要倒回去和他们拥抱、道别。那一刻会让人不那么匆忙，不用背负一定要马上赶往下一个终点的压力。

那些觉得重要的事情，可能跟当下急促的现实生活无关。可以给自己一点"压力"，比如把它们写下来，然后试着一件一件地慢慢做起来。做一件，打一个对勾。过一年，再看一看，我们都为积攒生活中的甜蜜做了哪些事。那应该都是一些非常非常小的事，但可能对体会"无用的美"有一些帮助。

尽力，珍惜

北京凉得很快，我去了一趟南方，回来就发现，晚上竟然需要盖很厚的被子了。辛弃疾的一首词里说，"少年不识愁滋味"，虽然我应该还没有到"却道天凉好个秋"的时候，但已经能感受到空气中冷峻肃杀的容平之气。

我也希望大家时刻能够感受到这样一种急迫，但它其实没有催促你，它是在挽留你的一种自然的声音，然后去好好品尝一下自己的人生，苦涩的也好，甜蜜的也好。希望我们的人生中，未来有更多的甜蜜，但也记得，苦涩也是生命的一部分。

我们经历的所有都是礼物，也都不会再来了，无论好的坏的，希望大家都能够尽量地用全身的力气去珍惜。也祝福大家在未来的生活中，更多地体会到"无用之美"、品尝到真实的甜蜜。

笔记提要：

1. "无用"不是没有用，而是在做事和生活时，我们有一个不向外求，不局限于结果的状态。
2. 学会用心去感受和品尝，什么事情对我们来说是甜蜜的，然后跟随这样的指引，去尽心尽力。

小功课：

- 试试先完成上文中"体会甜蜜的三个建议"中的第三个。

美育关于快乐的人生

自己跟自己玩,是每个人都需要的能力

一场雪

作为父母,或者说作为一个生活在柴米油盐酱醋茶的现实里的人,你是否常常觉得艺术其实是用来点缀生活的?在忙完别的事情之后,还会弹弹琴、画幅画、写张字、唱首歌……这样度过时光,或者说消遣,是一件蛮好的事。

但美育其实不是这样,它远远大于生活的点缀或消遣。

有一次,一位画家朋友跟我聊到顾城的作品,他说的话让我印象深刻。他说他明白了一件事情,一个人最值得珍视的有三样:一是童心,一是才华,一是心地光明。

如果这三个特质存在于一个人身上,就像植物和小动物都愿意待在有阳光的地方一样,你很愿意接近这样的人与这样的存在。

一个散发着艺术光彩、有才华的人,在这个世界上会活得更有乐趣,也会得到更多的宠爱,所以即便我们对于"美育"这件事的认知并不足够明晰,也会希望孩子们或是我们自己能够"艺术"一些。

如果美育不是简单的弹琴考级,或者画画考学,或者唱歌跳舞等等,那美育是什么呢?

我无法一言以蔽之,但会想起一次旅行。

那是我十一岁的时候,大概十一月底十二月初。我妈妈说,武夷山下雪了,我们明天去武夷山吧。我说,好。她之前去过武夷山,说山上的风景再加上雪会特别美。

我小时候住在重庆,离武夷山真的蛮远的,而且那个时候交通也不方便。我们收拾好行李,先坐飞机到厦门,从厦门坐火车到南平,然后从南平坐了好几个小时的汽车,到达武夷山就已经是晚上了。第二天早上起来,我看见所有的树上都是白雪,然后我们去了无心永乐禅寺,去了桃源洞。

桃源洞是一个道观,要走很久很久的路,然后会看到一个小小的洞门,进去之后是一片亭子,我们和很多道长一起吃饭、聊天,很开心。

虽然常出去旅行,但这次旅行对我来说很不一样。如果别人问我小时候经历的最震撼的美育是什么?我不会说听了一场什么样的音乐会,也不会说看了一个什么样的画展或读了一本什么书,而会说这次旅行。

后来,我读到了魏晋南北朝时期那些率直通脱的名士故事,他们说"情之所钟,正在我辈",说"吾本乘兴而行,兴尽而返,何必见戴"。当时便立刻想到,我也体验过那样的时刻,可能就是忽然看见树上的白雪，看到了花上一滴滴落下来的雪水，那一刻明白了，人生可以这样过。

这样讲，也许还有些空泛，让美育看起来可以以任何方式进行。但它确实也是具体的，我想试着从以下五个方面讲一讲，我认为的美育大概是什么样子。

要有所感知

所有的教育都是在培养某种能力，美育培养的是一个人的感知力和表现力。

感知力就是一个孩子从这个世界吸纳能量、采集信息的能力。表现力是当他吸纳之后，加上他自身的东西，能够再进行表达的能力。这对于一个人是非常重要的，人和地球上其他生物最大的不同是，人类更善于观察情感，观察它、梳理它、抒发它、放下它，这个过程本身就很美。

如果一个人散发着艺术的气息，你会发现他更容易跟人沟通，更容易打破人和人之间的隔阂，融洽地生活在人群中。从这个角度讲，感知要先于表现。

现在一些艺术教育，通常将重点放在如何表现上，以及提高所谓的表现技巧。但这些表现和输出，源头是我们的感知，而感知需要从生活中汲取营养，如果只是学会了一些方法，却没有丰富的积淀，便容易流于形式，显得空洞，也难以持久。

于是，在学习实现艺术的一些技能前，我们更应该先调动能量来好好生活、感受生活，感受它带给自己的所有触动，然后把那些真正打动自己的东西，通过技巧和方法进行表达，由此打动他人，形成一种很好的人与人之间的交互与往来。

美育关乎快乐

美育是关于快乐的。

所有的哲学传统都提到了人为什么会痛苦的问题，归结起来是因为"自他"的区别，也就是主体和客体的分离。尤其在青春期、在长大之后，我们会发现在人群中的疏离感很难受。跟一个人或者一群人坐在一起，若是无话可说，或者自己不被他人接受，与一个群体无法融合，是非常痛苦的。同时，人际间很容易形成的攀比、对立等，无不令人感到困扰。

如果一切痛苦都是这样构成的话，那么一切快乐便来源于消除主体与客体之间的分离。

这种经验，庄子早就讲过，不管是做厨师，还是打鱼、游泳，如果人能够专精于一项技能，能够跟自己的技艺融为一体，那么他便是这个世界上最快乐、最幸福的人。

学问和技艺本身就富有乐趣，当人专注其中时，会产生一种沉浸

小荷才露尖尖角
己丑夏 朴曦

的快乐。我自己从小到大都是一个过得很开心的人，开心的主要原因就像禅宗所说的"扯脱"。我有一个法宝——即使觉得天都要塌下来了，只要把纸铺开，安安静静地写一页字，就会变成"天要塌下来，也会被个儿高的人给顶住"，我可以踏实地度过那一刻。这一套让自己快乐起来的游戏方法屡试不爽，无论多么严重的事情，都会因为这样二三十分钟的抽离而自然地跨过去。

孩子也是一样，如果他需要非常密集的肯定，或者他在成长过程中过度依赖于人群的陪伴，有人陪伴才能快乐，那将是一件蛮辛苦的事情。如果他从小到大都有一个爱好，或者有一项技艺，能够让他真的跟自己在一起，并且玩得挺开心，能够自己培养出一个小小的园地，这个园地结出的果实还能分享给他人，那么人生势必会快乐很多。

艺术关于秩序

对一门艺术的学习，是美育的一个角度。艺术关于秩序，学习艺术的过程则是学习秩序以及对秩序的超越。

其实，不是每个艺术家都像疯子一样情绪无常，不可自控。我认识的优秀艺术家，大多都有非常真挚的感情和热情，但同时又非常理性。艺术的训练都是古典式的，不管是素描、古典音乐，还是诗歌及其他艺术门类，都有非常严格的规矩。比如说临帖，就是从临摹、双钩、对临，到一遍一遍地临写，去尝试无限接近原帖，从形似慢慢到神似，再到揣摩古人的心理轨迹和情绪韵律的过程。

这样的训练能让人真正安静下来，并且培养出一种非常宝贵的能力——定力。我听到不止一个厉害、有名的建筑师、中医大夫或者教授说，他们认为对自己人格产生最大影响的教育是，家长逼着他们每天放学回家写大字。通过日复一日、年复一年的训练磨炼出来的定力和冷静的观察力，成了他们此后人生中宝贵的助力。

除此之外，还要师法前人的积累，我们最终要用它们来表达自我，这时要学的便是超越秩序。就像每一位艺术家，都是在前人的基础上多长出来了那么一点，由此成为他自己。这其实与我们当下的生活同理，我们不可能完全违背秩序和规律，而是要更好地顺应它，不管是自然的还是社会的，然后在其中找到自己。

最好的人生观教育

美育也是最好的人生观教育。如果从美的角度来看待人生，很多事都会变得容易一点。容易在哪里呢？

艺术的本质，便是创造作品。如果把人生当作一件作品，那么大多数犹豫尴尬和不够优雅的时刻便都可以去掉了——因为我们在完成一件作品。

传统的儒家教育说，人要自律，独处的时候要像待客一样，待客

庚子
虎月林曦

燭短宵長月朗人悄夢迴何事縈懷抱撇開煩惱即歡娛立人偏道歡
娛少軟語叮嚀階前細草落梅花信今年早耐他風雪耐他寒縱寒已是春寒了

葉嘉瑩先生踏莎行

的时候要像独处一样。更直白地说，就像小时候我外婆经常说的"头顶三尺有神灵"，或者"人在做，天在看"，这是中国人非常宝贵的自我观照系统。艺术或者美的训练，是更高一层和更主动的，而不是说有他人在监视，或者头顶有一个光屁屁天使一直拿一个小本记录你的言行。我想这也是蔡元培先生说以美育代宗教的原因，宗教还是多多少少会让人感受到一些束缚，而艺术则是非常主动的——把人生当作一张画纸，你的每一笔都需要谨慎，每一笔都需要表达出美的状态，以及每一笔都希望能更好地表达出打动你的东西，这样的状态也自然会打动他人。

如果一个小朋友在成长的过程中，一直关注美，那么他不仅会每天把自己收拾得整洁干净，穿得适宜，说话好听，处事得体，而且可以始终带着一种从容的观照的态度看待自己的人生。

用音乐来做比喻可能更简单，音乐是与时间紧密相关的艺术，如果把人生当作一首曲子来听，若能够从容地在单位时间里注入更多的情感，创造出更多的感受，这样的人生真的会更加丰盈和美好。

自己跟自己玩，是每个人需要的能力

我们的个性特质和时代有关，普遍来说，70后或60后更多的时候会强调一致性：怕别人不接纳自己，或者怕跟其他人没有共同的游戏、话题和喜好。而对于80后、90后，甚至00后、10后来说，这种情况已经逐渐改变了，发达的网络世界，让人们对直观的反馈少了很多依赖。现在的小朋友，你很难让他不自我，也很难让他服从规则，服从那些可能并没有太多必要性的集体纪律。

任何时候，人们都需要用安全感来维系生活，并且让生活更加安稳、快乐。就对集体的依赖已经不那么强烈的新生代而言，这种安全感的来源更加需要明确。

很多时候，人的不安全感来源于不确定性，但人生恰是充满了不确定性的。每个人从小到大，都在经历各种各样的意外情况。一轮一轮的考验之后，生活依然是不确定的，不见得考验之后就有确定的结果。

什么东西是确定的？

其实就是庄子说的"艺道的专精"，手艺人往往会活得比较踏实，有一门手艺，可以傍身并让人安心。

艺术的美或具体的一门技艺，如果能够通过从量变到质变的积累而长在自己身上，与生命连接为一体，变成自己的一部分，就会给人带来踏实的安全感。我想这比来自人际的、金钱的安全感，或者说某些不切实际的期待和保障带来的安全感更为重要，因为有了心底的安定和有所托付的笃定，境遇对人的控制和影响便相应减弱，这是对我们人生更好的保护。

自己跟自己玩是每个人都需要的能力。如果快乐一定要他人给予，局面便不够优雅，也比较被动和局促。我们需要让自己玩得很开心，然后分享，当自己足够开心和笃定，才有吸引力让他人来一起玩耍，此时自己便是光和热的源头。

人生有太多艰难的时刻。在电影《这个杀手不太冷》里，娜塔莉·波特曼问让·雷诺，只有童年如此艰难吗？他回答说，整个人生都是。

佛教说人生是苦的，不是因为没有快乐，人生有太多快乐，但注定有一天，一切都会消失，这一点就已经足够苦了。

回顾历史时，我们不大会记得一个时代最有钱的人是谁，当时的君主是谁，当时呼风唤雨的将军是谁，但通常会记得当时的艺术家是谁，当时最有名的文豪是谁。艺术可能是人类最幸运的一种拥有，它在某种程度上让有限变成无限，让我们知道名利、妄念都会幻灭，但是美和由此而来的创造是实在而不朽的。

冰心先生有一首诗我很喜欢。

…………
爱在左，同情在右，
走在生命的两旁，
随时撒种，随时开花，
将这一径长途点缀得香花弥漫，
使穿枝拂叶的行人，
踏着荆棘，不觉得痛苦，
有泪可挥，也不是悲凉！

作为一个成年人，我们喜欢过儿童节，就是因为成人的世界太复杂，我们只能坚守自己的童心、自己的才华、自己的心地光明，来获得更多的快乐。

希望对我们的孩子来说,美育不是一个可有可无的点缀。希望有一天,当他们身处这个庞大的世界、面对各种竞争和压力时,有一个能自娱自乐、自我平衡和休息的地方——可能是他感兴趣的一门手艺,可能是他喜爱的一个艺术门类。由于他身上多多少少散发出阳光的艺术气质,也许会使他得到更多的眷顾和喜爱。

漫漫人生路,愿美成为我们和他们的助力。

笔记提要:

1. 美育关于感知:用心生活 → 充分感受和积淀 → 形成好的表达 → 融洽地生活在人群中。
2. 美育可以体现为一门技艺:自己和自己玩耍起来,其中有许多快乐。
3. 经由对技艺的磨炼所长养出的定力,对人生而言是宝贵的特质。
4. 用对待艺术作品的心对待生活,带着一种从容的观照的态度,看待和优化自己的人生。

小功课:

- 盘点自己的快乐:哪些来自外部,哪些来自于自身?

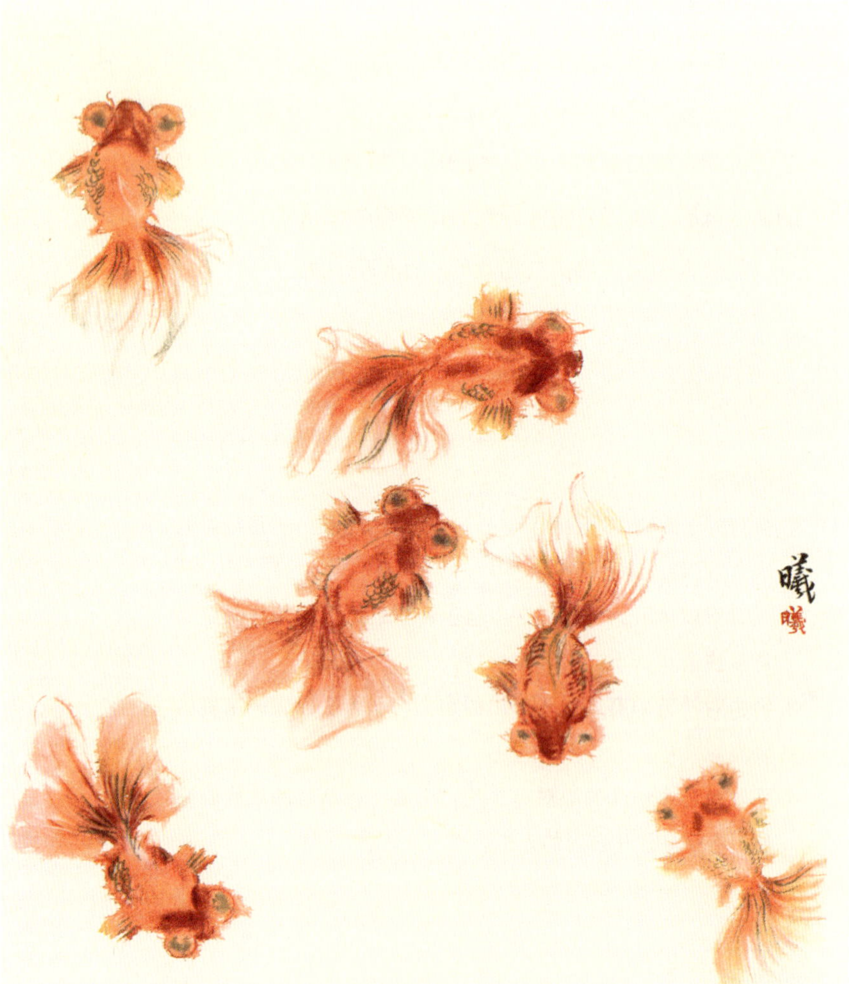
曦

笔墨游戏

这太快乐了,真是千金难买

不用过脑子的开心时刻

老实说,当你的职业是所谓的画家的时候,画画这件事难免会变得有点严肃。它会有很多让你觉得有点难的时刻,比如会想很多,想有变化,想今年不能和去年画的一样,在建立了一种为大家所熟悉的语言风格之后,会去琢磨怎么突破和发展,等等。

但如果撇去这些专业性和职业性带来的压力,绝大多数时候,画画对我来说是一种很单纯的快乐。比如出门买菜,我会觉得这些蔬菜、果子怎么长得那么好看,一定要把你们画完才能吃。这种心情,就和我们在生活中看到喜欢的东西、美好的场景,想要拿出手机拍下来一样。

有一次,朋友送了我一颗看起来特别好吃的阳山水蜜桃,我觉得它长得太美了,就忍住馋把它画了下来,然后才飞快地吃掉。吃掉之后,我发现它的核也特别好看,就带着"我来帮你留张影吧"的心情,又把这个核画了下来。这真的是一种很即兴、不用过脑子的开心时刻。

"瞎画"是重要的事

画画和审美一样,是一件非常个人的事情。如果你在美术学院读书,老师往往会说,首要任务是提升自己的技巧,最重要的目的则是要找到自己的绘画语言,也就是自己的表达方式。

每个人的性格不一样,眼中心中的所见所感不一样,每个人的笔性、笔下传达出来的那种状态也都不一样,而这又传递、表达着人当下的状态。

比如我自己,如果是更直觉地下笔,常常能画出一些自己觉得很有意思的细节。但当我设计过多、打了太多的腹稿、有太多的筹谋策划时,画出来的东西常常会很紧张,自己也不是太喜欢。从某种意义上说,我们可以在绘画的过程中认识自己,了解自己是一个什么样的人。

我在画"童子"系列的时候,其中一张画了一个抱着琴的童子,取意李白的"明朝有意抱琴来"。在童子的背后,我画了一个院子,画的时候想,要是能画出一点点沈周的意思该多好。中国画就是这样,我们会有一个目标,有一个理想的样子,然后在这一路上去追求它。但是在这个追求的过程中,又会深刻地意识到,我不可能成为沈周,我只能成为我自己,但是我希望能从沈周那里借点力,通过效仿和师法,画出自己的画面来。

有一次,我问陈丹青老师,怎么才能画得好一点,出品率高一点。陈老师坐那儿,点了一支烟,说:"就是瞎画。"

这给了我巨大的启示。每当我在画画这件事情上想太多、策划太多、行动力不足的时候,就会想起"瞎画"这两个字。

"瞎画"中的那一种"盲目性"是重要的,它让你专注在自己能够感知到的东西上,而不是去扮演一个厉害的、全知全能、能谋划和操控原本不属于自己的东西的角色。这种臣服和安于自己一隅的快乐,既是艺术的本质,也是人生的本质:我接受我只能搞定这一点点,于是用心在这一点点,也充分享受这一点点。

人的精力和能力是有限的,当一个人思虑太多时,会发现哪个都弄不好。今天很多的焦虑、抑郁等心理问题,都是因为实际能力跟自我期待之间产生了矛盾。但傻人有傻福,有时候不想那么多,反而会把自己真正能够搞定的那部分做好,这样一来,许多情绪和心理问题也就不会产生了。

为什么有温情

有时候,我看着自己的画,一面很喜欢,一面又偶尔会想,怎么就不能画点更严肃、更重大的题材呢?但自己心里也很清楚,那是我

滋味

吃完了

曦

不擅长的啊,可能生活中真正打动我的,就是一些细小平凡的东西、一些稍纵即逝的瞬间,所以我才能把它们表现出来。

我觉得其实也不必很"厉害"。在少年不识愁滋味时,我们往往想要撕扯和夸大一些事物和情绪,这可能恰恰是因为这些东西还不够强烈,我们的经历和承担还不够多的缘故吧。

一个画画的人,选择画什么在于他对什么有感觉、有兴趣,换一个角度说,他画的正是他的选择。

我的毕业论文写的是叶浅予先生和丰子恺先生关于童心在水墨画里的表达。如果你去了解他们所处的时代,了解这些老先生的一生,就会知道那时真的比我们现在的生活要动荡、惊险和辛苦很多倍。但你会发现,他们的画中充满着温情和趣味,富有天真,还有对美的阐释。这些画表现的是他们内心中的一个独立的世界,为他们所珍爱和享受,并且可以以此平衡外在世界的种种。

对于同样的世界,可以有不同的看待方式。我们所画下的,往往是自己看待生活的方式,以及面对它时的选择。

敬畏

一天早上,我突然注意到那一天是文殊菩萨的圣诞日,因为一直想画一张自己心中的文殊像,就拿出纸来开始画。那时候大概是九点多,中午也没有吃午饭,画完已经是晚上七八点了。整个过程中,我

謂金無自性隨工巧匠緣遂有師子相起
起但是緣故名緣起 謂師子相虛又緣起第一
真金師子不有金體故名色空 又緣空第二
情有名為徧計師子似有名以明不礙幻有名為色空 師子
無自相約也以明不礙幻有名為色空辨色空第二
故號圓成說第三 謂以金牧師子相盡金外更無
師子相可得故名無相 謂已見師子生時但
是金生金外更無一物師子雖有生滅金體
本無增減故曰無生說無生第五
念生滅實無師子相可得思法聲聞敎之法
此緣生之法各無自性徹底唯空不礙幻生假有究竟生假存及入
乘終歸於一切即說二相乘頓敎及即一切情盡體露
之法混成一塊繁興大用起必全真萬象紛然參而不雜一切
即一皆同無性一即一切因果歷然力用相收卷舒自在名一乘
圓敎 金師子盡眼耳諸根一一皆金一一徧收師子眼收師子耳
相收師子耳即眼眼即耳耳即鼻鼻即舌舌即身一一徹底如帝網珠
此即事事無礙法界也 見師子與金二相
俱盡煩惱不生好醜現前心安如海妄想都
盡無諸逼迫出纏離障永捨苦源名入涅槃
華嚴金師子章 庚子四月昭林職沐手

一直心无旁骛，完全没有感觉到时间的流逝，只觉得很满足，并且太快乐了。

看着这张自己一笔一笔画完的画，我觉得它和我既是亲近的，同时又生出了一种陌生感。我想，这就像是很多作家写完一部小说，不同的读者读它，会读出不同的感受和理解。画家画完画的那一刻，这张画也就完全独立于他了。大家喜欢与否，或者说对它有怎样的评价，这些和作者本身是有一些距离的。因为在完成的过程中，作者已经充分地释放和享受了。

但每一次，在展览的灯光下，看着自己被装裱好的不是那么"家常"的画时，我都会有一种敬畏。

那不是一种觉得自己还蛮厉害的自豪，而更像是一种对自然造物、对生命的感知。因为这些画，我知道人可以把一些想法，或者一些讲不清楚的东西，用某种形式表达出来，而这种创造力，是上天造物的创造力的一部分。那是和春夏秋冬、生老病死一样的循环，是新中有旧、旧中有新的不断的萌生，其中所传续的是生机。我想，艺术本质上是人对于造物的一种依从和致敬，并且通过创造，我们和造物间便有了微妙的联结。它会让人体会到"不朽"，一种生生不息的状态。

有一天我们都会离开，但有一张画会留下来，某一个和它有缘的人会看到，然后有所触动、有所感应，永恒就在于那一刻之中。我想，这也是画画这件事在"当下"之外的另一个重要的意义吧。

每个人都可以画画

在我教画画的第一节课上,很多同学都坚信自己是不会画画的,说自己从来没有真的画出来一张画,也没有画画的天赋。

每一次我都说,来,我保证你能画完,我等着你画完。结果真的没有例外。因为没有逃跑的机会了,那就画吧,最后也就都画了出来,而且大家会很吃惊:原来我画得这么好,原来我可以的。

过去十年,我教了很多零基础的同学写字画画。这些来自各行各业的非专业人士画出的画给我的体会是,天赋这种东西,真的比我们所以为的要多好多。

我们很容易被"专业"这两个字给吓到,总是有一种"怕自己不够好"的恐惧,这可能和胆量、和太希望自己做好都有关系。大家总是介意自己是零基础这件事,但什么基础不都是从零开始的吗?保持开放的心,勇敢地去学,本着"今年我没有基础,认真画一年就有基础了"的态度,我们也就不会那么在意天赋这件事,也不会因瞻前顾后而止步不前了。

天赋到底是什么?其实那往往是一种敏感度,一种对自己、对自然和对内在感受的敏感。

几万年前,人类在山洞里画的那些牛和马、那些跳舞的小人,是画给谁看的呢?表达是人的本能。唱歌、画画、跳舞这三件事情和吃饭睡觉一样,都是人与生俱来的能力和需求,就像我们在山里看到瀑布山林、云天中有鸟在飞,会心有所感,会忍不住想"啊"地喊两声一样。

我们要做的，便是激发出画画的本能，然后给它一定的技术支持，让自己的所思所感被真实地落实，让自己处于一种流通和畅达的状态中。

在这个过程中，不用跟人表演画画，只是完全跟自己在一起就好。不要太介意自己画得怎样，把它画完就好。就和人生一样，不要太纠结于自己做得好还是差，以及别人会怎么看我，去尽现在的能力，有始有终地把一件事情做完，就会有很多的收获。

什么是中国画

中国画是很难定义的。

我们通常首先会说，中国画是中国的画，但今天中国人画的画全是中国画吗？肯定不是。

其次，我们可能会以技法和工具来定义，比如毛笔和宣纸，植物和矿物颜料。但是自从有了当代水墨这个概念后，这些东西便被解构得不那么确定了。

再进一步，人们会觉得中国画就是表现一些特定题材，梅兰竹菊，山水楼台。但事实上它们只是一些比较固定的图式，是中国画内容的一部分，而不能用来定义中国画。

讨论中国画前，可以把一些表面的东西去掉，先去感受。比如，把一张郎世宁的瓶花图和八大山人的瓶花图放在一起，就会很容易区分出哪一张是"中国画"。前者的技术那样好，但在那样的精熟和直白面前，我们会知道，八大山人的画是更中国的，这不在于技术和形式，而在于内在的趣味和调性。

这个趣味可以说是一种以老庄精神为主导的留白，一种畅达又虚静谦和的态度，但也不仅仅如此。想想古琴吧，可以弹得清微淡远，也可以弹出《广陵散》那般的杀气。不变的是，无论发生什么事，触发了什么样的情感，始终会有审美的角度在其中，有一种悲悯而冷静淡然的态度，既在其内，又在其外。

另一个理解中国画的角度是诗意。一个画面，无论写实还是写意，背后都蕴藉着人的情绪和节奏。中国人的画，不会根据完全的客观状态来描绘，而是根据自己的情感决定远近虚实的一切。它所表达的，是人内心真切的感受。这样的美，不在于纤毫毕现的描摹，也不是和盘托出，而在于其中的余味。

所谓"言有尽而意无穷"，和诗一样，一张好的中国画里有着耐人寻味的特质。随着人的成长，我们会在其中体会到不同的意味。那是一种开放式的存在，可居、可游、可进出，随着人的心而变化。

谈到中国画，笔墨是不能不说的，那是中国画最为直接的表现形式。

简单来说，用一条线画一颗桃子的外皮、画一块石头的表面和画一个小朋友的脸蛋，三者是不一样的，我们赋予它们的三种不同的画法便是笔墨。

20世纪末，吴冠中先生提出"笔墨等于零"的观点，我觉得这是个蛮智慧的说法。不是说笔墨不重要，而是说笔墨很难被孤立欣赏。如果过分孤立地强调笔墨的美，可能画什么都是一样的，因为大脑中会有一个抽象出来的标准，无法领会古人所说的"应物象形"——让笔墨去呈现心与物相应而产生的意象和特质。

以画一块石头为例，我们要么画的是自己心中的一块石头的样子，要么画的是古人画过的无数块石头中符合我想象的石头的样子，但不是为了去表现自己的笔墨有多好、技艺有多高超。如果是这样，我们就远离了笔墨的本意。这和《金刚经》讲的道理是一样的：当阿罗汉觉得自己是阿罗汉的时候，他就不是阿罗汉了。

另外，比起西方或者日本的一些绘画，中国画好像在视觉上的冲击力不够强烈。我想这和它的展示方式及环境有关。

中国画的展示，古来就是邀三五好友，一起喝个茶，拿一幅手

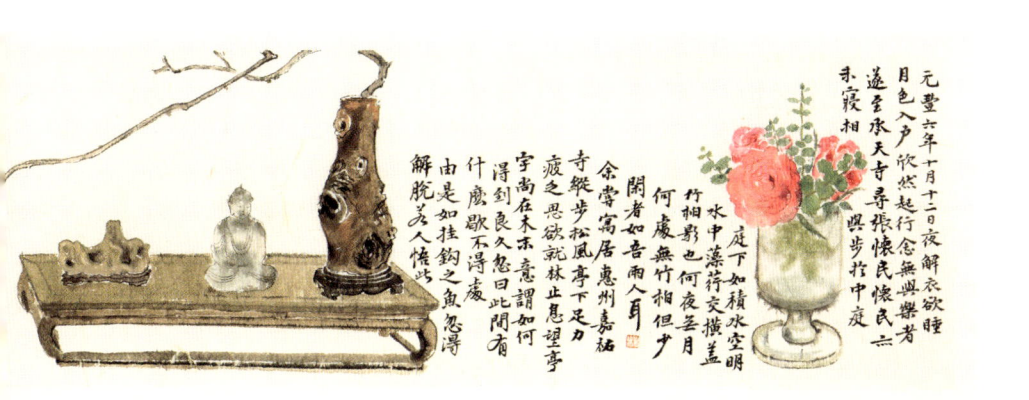

卷，大家都把脑袋凑过来看，然后手卷一段段地展开。那是一件很私人的事情，其中有看画人彼此之间的默契。相对于当代巨大的美术馆空间，中国画不是不可以画特别大的尺幅，但那不是最适合它的方式，它所承载的是一小群人的趣味和日常，很美好，也不强求认同。

宽容天地：艺术是老天爷给人类最重要的礼物之一

画画是一种典型的艺术表达形式，但无论哪一种艺术，我都觉得它们是老天爷给予人类的最重要的礼物。通过它，你可以认识自己、放松自己、表达自己，还会获得一种非常难得的东西——宽容。

比如，在生活中，你会觉得有些艺术家看起来真是过于随性和不拘小节了，但从艺术的角度看，便会觉得他其实很真实，有其合理性，甚至是可爱的。

我们往往会用当下的社会评价尺度或自己的道德标准评判他人，也因此将自己和对方都置于一种局限中。而艺术可以给人一个空间，让我们可以暂时撇开每个时代中的不同要求，以最以人为本的态度，以人的心灵和情感作为角度去认识和理解一个人，也包括自己。

我们都活在各种压力下，无论是精神方面，还是物质方面——来自时代的要求，来自外界的评价，以及来自自我的不满，但所幸还有艺术。艺术会给我们一片非常宽容的天地，让人在其中释放和释然，这也是有那么多敏感、特别的心灵，会在艺术里面寻求一片自由之地的原因。

要记得的一件事

我想不起自己是从什么时候开始画画的了，只记得那时候我可以一个人画很久。小时候特别喜欢看 87 版的《红楼梦》，看完之后，我对一个女孩子走路的背影很感兴趣，就画了一下午那个背影，可能有上百张。

接触水墨画，是因为一位长辈送了我一本张大千先生的画集，那种形式我很喜欢。其实在生宣纸上用水墨画画，对小孩来说是蛮难的一件事。一开始，一点墨，会洇成一片，然后慢慢熟悉它，掌握一些规律和节奏，可以用它来进行表达，那个过程给了我很大的快乐。

　　我存着的最早的一张小时候的画，大概是六七岁时画的。一张黑白的水墨，天上是夕阳还是月亮已经不记得了，下面还有两棵树。我一直把那张画放在画室的书架上，提醒自己，永远都要记得，它带给我的那种快乐的感觉。对我来说，在画画这件事中，这是最重要的。

笔记提要：

1. 画那些打动自己的东西，比画得很厉害重要许多。
2. 画画时不要策划和贪求太多，要持有某种盲目性，跟随直觉。
3. 作为一种自我表达和舒散的方式，画画是人的本能之一。
4. 笔墨和技术，是为了我们表达自己的内心而服务的。
5. 画一张画，即便它不符合你的期待，也要把它好好地画完。
6. 对人而言，艺术是一个更为包容和自由的世界。
7. 记得最初的那种快乐。

小功课：

- 看看身边、手边，有没有什么打动你，让你喜欢的东西，试着画下它，先不用在乎画得"好"或"不好"。
- 静下心来想一想，生活中有哪些东西能打动你。

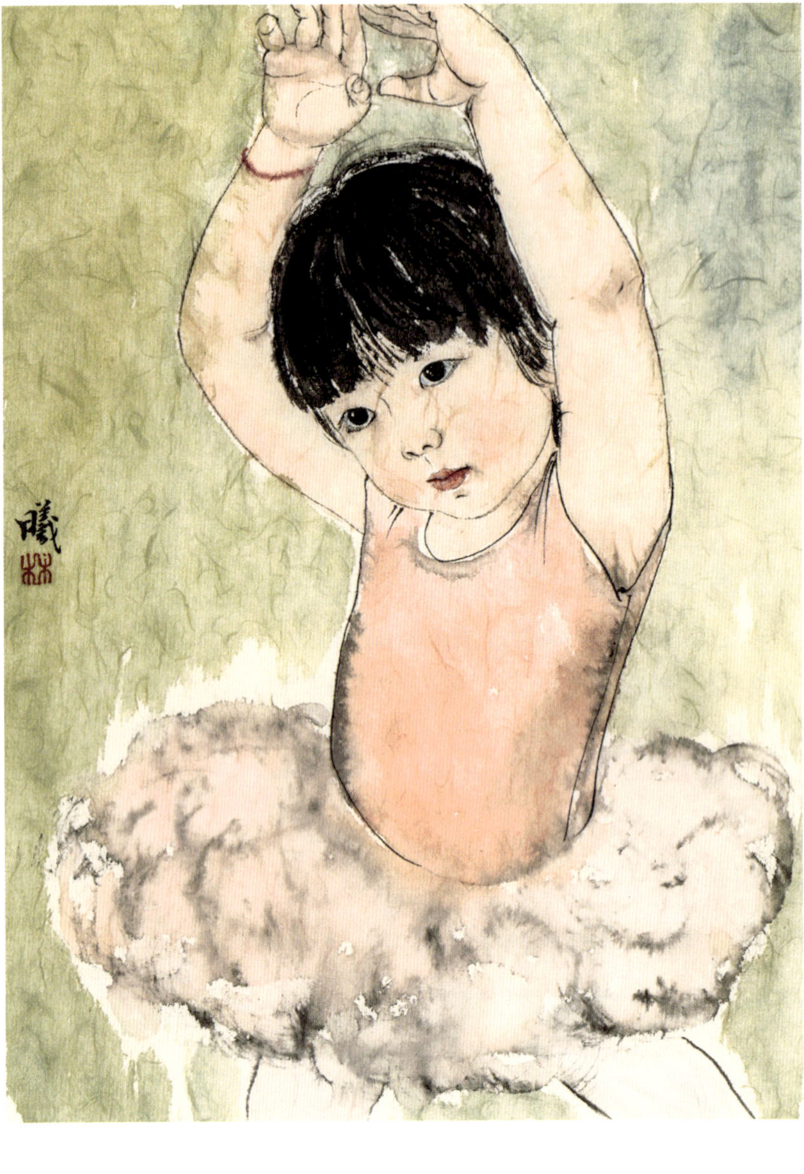
曦

爱艺术的小朋友，让我助你一臂之力

生活是一个人最好的作品，也是艺术与创造的源头

艺术的基础：与生俱来

小朋友四岁，喜欢涂涂画画，该如何引导和帮助他呢？要不要送去参加培训班？怎么才能找到好的老师呢？基本功要怎么开始练习？我常常收到很多这样的问题。

每次来暄桐教室学习的同学，很多都有些紧张："零基础能学吗？""我没有基础怎么办？"术业有专攻，专业上的未知会带来焦虑和紧张，同时大家也并不清楚，怎么才算"有美术基础"。

如果是说专业的美术教育，那么美术基础大概涉及线描、造型、色彩等训练，这些东西听上去非常重要，但我想我们需要先退一步，想想艺术究竟关于什么？

艺术的本质，是我们生命中一直存在且与生存无关的那些部分，是关于人之所以成为人的对于自我、世界、时空，以及周围一切的思考和情感。

就像东汉书法家蔡邕描述书法时所说的"书者，散也"，它们是我们胸中的那些性情、气息，那些代表着我们是谁的东西。从出生以来，我们就通过与外界的交集、碰撞，触发和收集着它们，并且在某一天，想要找到一个出口，将它们释放、表达出来。

这是人类的本能。原始人拉着手唱歌跳舞，在岩石上画画，他们不需要美术基础，也没有老师，但他们所释放出的正是艺术最珍贵的本质——人的感知，以及由此而来的创造力和可能性。

所以，每次在被问到"我的孩子没有艺术的基础，没有绘画基础，能不能学书法、学画画"的时候，如果有机会，我都会适当纠正一下这个说法。我认为，真正的艺术基础，与其说是这些技术性的基础，不如说是一个人对于生活的感知、观察能力，能否投入热情去生活的能力，以及有没有一种强烈的表达意愿。如果有一天，你真正进入了一门艺术，就会发现，这些工具，包括所谓的素描、色彩……这些能力本质上是一种工具，它们的价值在于为你表达心中的那些内容服务。

但我们今天的艺术教育，比如说美术培训，很多都在考虑"如何升级打印机"的问题，也就是说，手上的功夫如何厉害成了艺术教育的一个重点。但如果你的"电脑"是二十年前的——你的心缺乏热情和感知，那么不论"打印机"如何升级，都无法得到能打动人的表达和呈现。

如果工具和技术的升级能够匹配人的思想和情感的表达，这是很好的事情，但我们的考量也不能仅停留在这个层面。有一本记述禅宗的书叫《指月录》，讲了一个道理：我们的手指指向月亮，是为了看到月亮，手指只是一个工具，我们不能完全受制于它，就像很多艺术大师用很简单的工具，也能拍出非常感人的照片，奏出非常感人的乐曲。

所以，在我的经验中，不要让小朋友太早进入技术训练中。曾经听过很多妈妈说，小朋友以前挺爱画画的，自打把他送去培训班，怎么就不喜欢了呢？很多有天赋的孩子，在应该以直觉和热情来引领的时候，就让他们尽情地去表达，这个过程中没有什么正确、错误可言。如果过早进入一种专业的系统，尤其是院校里几乎纯理性的训练，可能过去那种表达的冲动和快乐就没有了。在创造有了太多前提和约束的时候，孩子也许就不爱了。

就像婴儿在还不太会说话的时候，是有情绪的，即便他并不掌握"语言"，也要咿呀两句，这种自发又真实的表达，要尽可能地去保护和鼓励。

技术训练有其方法和窍门，但一个人对世界的感知力和好胃口，是关于艺术，乃至人生最为宝贵的东西，损伤之后，也最难复原。

如何让孩子爱上？让自己先爱上

有空的时候，我大都在写字画画。我家的小朋友会说，妈妈就是最喜欢画画的。我们也经常会一起画画，因为他觉得这是一件很好玩的事情。

一个人在孩童阶段，常常处于纯粹的模仿中。如果你希望艺术能够在孩子的人生中成为好的陪伴，在未来能为他提供愉悦感以及好的审美与品位，作为家长，可以试着让自己先爱上艺术——和孩子一起去听音乐会，去看好的画展，看展览之前先买一些画册来做做功课，一起研究一位艺术家和他的作品，先玩耍和享受起来。这比简单地灌输给他一套技术训练要更深入地触及本质，也有效很多。

身教的力量远大于言传。如果你真的乐在其中，他们也会关心，这件事真的那么好玩吗，也想要尝试。

审美在很大程度上受到生活潜移默化的影响，后天简单强迫性的灌输会走得很艰难，且美本身就是多元、各式各样的。如果能够创造一种机制，启发孩子对审美方向的意识，并持续去优化它，然后试着表达，这是真正有意义的。

观察你的孩子，然后陪他玩起来，介绍你觉得好玩的东西给他，让他有尝试的可能，是我们能为他们做的最好的艺术启蒙。

好的老师：外师造化，中得心源

曾经在一位设计师写的书中看到，在他小的时候，父亲对他说，你如果爱画画就去画画，如果你觉得一棵树不是绿色，而是红色，你就把它画成红色。

我觉得这是一位非常会启发孩子艺术天赋的父亲。

某些时候，我们很容易踏入一个"怪圈"：如果你想学画画，就要去试着接近考学升级和美术学院的那套体系。今天的美术学院运行的是一套相对重视写实能力的教学体系，但绘画最终要表达的并不见得就是写实这件事，而更多的是一个人的理解力和表现力。如果让孩子很快进入一种"压模"的体系中，快速标准化，那是很可惜的。

每个孩子都有自己的才能，过早地开发和认定，会给小朋友带来很多心理负担，因为他会试图去接近这些外部的标准。我做过一个讲座，主题是"儿童的美育"，其中技术性地谈到过一个话题，关于我们该如何表扬孩子——去表扬那些他为了接近自己的想法、表达自己的想法做出的努力，而不是表扬成果。

比如，一个孩子画了好几张画，有一些还不错。一个比较了解事情运作方式的妈妈会说，"你为了把这张画画好，画了这么多张，你真努力，你真棒，如果这样坚持下去，你一定会画出你想要画的"，而不是去表扬他"这个房子的屋顶画得真像"。

如果是表扬"真像"，很容易就真的只能"真像"了。小朋友缺乏判断力，成年人的反馈对于孩子来说很重要，当你为他树立一种权威的标准，他可能会为了取悦这个标准、赢得认可，而认为自己"必须要变成那样"，但那些让他们试图去维持、固守的东西，有可能是他发展自己能力的枷锁和障碍。

古人说到艺术教育，有一句很重要的话，"外师造化，中得心源"。"外师"不是指各种教学体系，而是说我们很多的观察和体验都

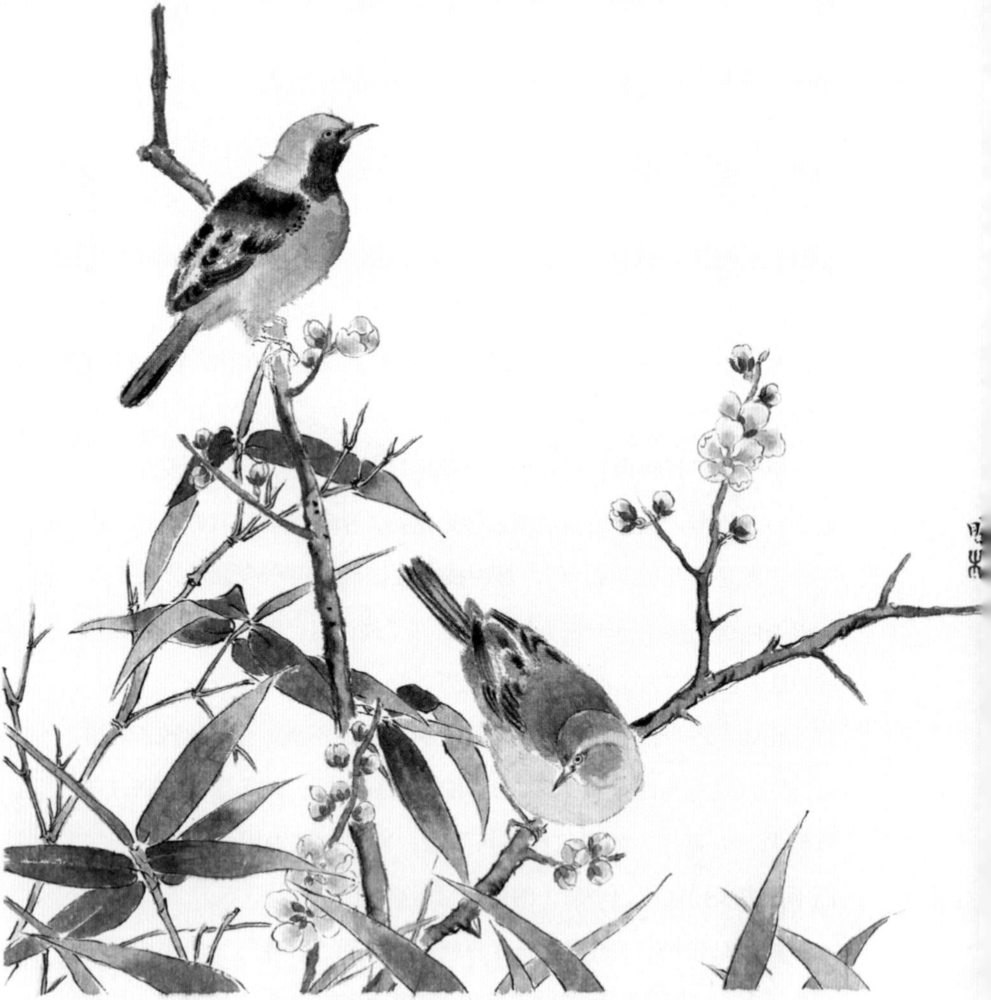

来源于自然，这个自然不仅仅是好风景，而是每一刻真实的生活、每一刻真实的感受。"中得心源"则是说我们要有自己的启发和领会，要寻求这一点，有一个很好的途径，便是去学习传统，从过去那些大师的名作里去体会和取法，揣摩前人的经验和心得，与之通达和相应。比起那些为考学而准备的训练，完整地临摹古代大师的作品是更值得做的事，因为所有的秘诀和灵机，都在其中了。

目的：发自内心的愉悦与感觉

有一种关于艺术的心态，用古人的话来说，就是"为赋新词强说愁"，意思是在没有切身的生活体验、没有真情实感的时候，还要勉强为之。

在中国传统中，人们对于艺术的态度，用徐复观先生的理念来说，便是"为人生而艺术"，这是艺术很本质的价值。前面我们一直在说，艺术是我们来经验人生这趟旅程的工具，一种表达的方式和出口，它不是全部，而是基于真实生活的一种流露。

当一个人为了艺术而艺术，甚至为了艺术而人生的时候，便会因为有一种看向结果的功利性目的，需要夸大和制造很多东西。此时，人生的境遇会被当成工具和材料，人甚至会去有意地体验某些东西，一些东西会因此人为地走样，人会戏剧性地活着。这与生活的真义背道而驰，如果将生活视作换取"作品"的工具，真诚不再，也就失去了那个好好相待、好好体会和享受的过程，那么好的、动人的作品便也无从说起。

所以，在中国的传统中，并不盛产"疯子"艺术家，艺术是基于一个传统文化的大的构架和背景，推崇一种自得，一种投入生活、自如且来往通达的状态。

我想，在未来我们可能不需要那么多职业艺术家，但需要更多具有卓越审美能力、创造力的各行各业的专业人士。这应该是一种趋势。比如乔布斯，他很像一个艺术家，整个人的性格和洞察事物之间联结的那种能力，与艺术的特质、艺术创作的方式非常接近。他在以艺术创作的方式做产品，也令我们认同和感受到他所理解、传达的那种美。

不是每个人都能创造出艺术品，但我们在博物馆看到某张画作受到的触动，以及我们对于艺术、审美的了解和学习，却会成为一种依据、一丝灵感，让人趋向从审美的高度安排和完善自己的生活。

一张桌子，一件衣服，与爱人的关系，目所能及的生活的周遭，都会变成你的作品。一个人对于生命中每一刻的品质的要求，其实就是以艺术和审美的态度，给予生活细节以审美的要求。这种审美要求才是与人最息息相关的东西。以整个人生来说，这真的比是否能画出一张优秀的素描重要太多了。

简单来说，艺术和审美教育的一个本质是作品感，而它的完成不是为了演给人看，不是为了得到一个分数，而是为了享受，为了自己这一刻发自内心的愉悦和感觉。

艺术的源头是每时每刻的生活，美育的意义在于可以用画一张画的态度来对待生活，这应该是小朋友学习艺术的最好的收获吧。

助力：对技术的了解

最后，关于技术，它除了是一种工具，也是帮助我们更好欣赏艺术作品的一个途径。如果在纯欣赏之外，能够有一些技术性的了解，就会为我们享受艺术这件事增加很多乐趣。

一个美食家不一定是优秀的厨师，但如果他有一定的烹饪经验，便能更好地理解一个好厨师的手艺，比如火候的掌控、佐料的配比，这些经验就好像是另外一种语言和途径，让人拥有更多层次的了解和享受，甚至有一种遇见师友或知音的感觉。

去了解一些技术，学习并操作起来，之后再面对一件作品时，便更容易意识到艺术家所经历的困难，更接近他创作时的状态。这种"懂得"会带领人进入过程性的享受，而不是纯粹停留在最终结果上。

所谓"外行看热闹，内行看门道"，能看出门道、看到渊源、看到出处，那种快乐真的很难形容。当你看到作者的功夫和心意时，会有一种巨大的享受和安慰。

关于技术是欣赏和理解的途径，还有一个解读的角度。比如，人生短暂，空苦无常，要珍惜当下，这些道理用一段宗教或者哲学性的文字描述，很容易显得虚。但如果你看到一朵花，认认真真、一笔一笔地画下它的叶片、脉络、颜色，把它留在纸上，第二天那朵花谢了，而你曾经仔细地观看、体会和描摹过，这个过程带来的感受其实胜过千言万语。

技术并非不重要，但对于技术训练，我们需要有更加清晰的理解。如果说，它不是我们最终的目的和结果，而是工具或者途径，那么，经由对它的了解和学习，真正享受艺术的快乐，对于学习艺术的小朋友来说才是最重要的事。

回答

上面是我对于小朋友学艺术的一些想法，下面的三个问题，是在谈到这个话题时大家问到的，也在这里尝试作答。

1. 小朋友要不要学画画，学素描？

我一直坚信，只有快乐的过程才能够到达快乐的目的地，如果这个过程不够开心，改变的最好方法就是改变目的地。所以在讨论一切技术和训练之前，我们需要检讨或者审视一下，我们关于美育的目的是不是有问题。

所有的艺术都在干一件事情，就是表达感情，这也是对诸多有关艺术问题的第一条答复。

音乐家用音符来表达感情，画家用笔触来表达感情，诗人用诗句来表达感情，最后都是关于我们的这颗心，心里有真情才能打动他人。一个人所有的心得和见识，都会完整真实地降临在他的作品里，其实每一个小孩随便拿出一张纸画的画，或练习弹的一首曲子，都是他人生的作品。作品与人，就好像是主机与云端下载的关系，或是打印机与电脑主机的关系，我们可能花了太多工夫在下载端的升级上，而没有把注意力放在表现内容产生的主体上。

孩子如何拥有这样的自觉？我想父母的引导是很重要的因素。如果父母或者老师不够重视美，美在生活里是一件可有可无的事，小朋友就会很困惑："为什么整天让我弹琴，可你们从来不听音乐呢？"这是很多小孩跟我讲过的，还有"我妈整天逼我画素描，她连伦勃朗是谁都不知道"。

如果你不够爱艺术，孩子可能也很难热爱。而他如果无法真正体会艺术带来的好处，这样的学习就会很难。

王国维先生说过一句话："美术者，上流社会之宗教也。"这句话很容易被误解，在我看来，他的意思是：当人们脱离了生存的基础需求、需要获得精神上的满足和慰藉时，艺术就是一个家园，是一个庇护所。

这听上去，可能让人觉得老先生对艺术很痴狂，艺术好像是跟普通人完全不一样的一小撮人的生活，不食人间烟火。但事实不是这样的。如果艺术只是给人看的东西，或者说生活的外挂，那我们现在"逼"孩子花那么多时间去练琴、画画，值得吗？那是他再也无法重回的童年，也是影响未来人生的重要阶段。

每个孩子都有自己感兴趣的点，自己做的决定是比较容易坚持

你畫畫我畫你 丙申 曦

的。被迫做出的决定，即便是付出了努力，将来也还是会有很多负面情绪需要处理。所以我觉得，在选择美育的具体项目和面对技艺训练时，不要太着急。等一等，听一听，小朋友会有他自己的想法。

每个人都带着热情来到这个世界上，那是生命中最宝贵的品质，千万不要用我们的意志和某种控制力，去消磨孩子的热情。

2. 怎么让小朋友接触艺术？

艺术的学习，具体来说是关于"眼界"和"入手"。入手可能还有另外一些词可以表达，比如取法、专精。眼界则是入手前的一步，并伴随在此后的学习中。

在条件允许的情况下，可以尽量让小朋友多接触经典的作品。比如带他去博物馆、去看画展，给他买精美的画册并陪他一起看，带他去听音乐会，或者多给他听一些经典音乐。不要怕他不懂，不要以我们的"大人思路"来定义小朋友应该听什么、看什么。

很多流行的由简到难的思路其实是有待商榷的。对小朋友来说，只有多和少，没有简单和难，他接触到什么、入手什么，他就认为是什么。如果最开始能够眼界宽一点、起手高一点，取法经典，对他来说便是一个足够好的开始。

此外还有一点，就是在一件事情上或者一个阶段中尽量地积累，广泛吸取营养，下足够的功夫，通过量变的积累达到质变的进步。不要在量变还没有产生质变的时候，就着急换各种花样给孩子，这是没有效率的方式。

3. 怎么在孩子的艺术学习中帮上忙？

我最想分享给爸爸妈妈们，或者将来的爸爸妈妈们的一个小建议，就是不要太多介入小孩的艺术学习。

简单地说，便是让孩子自己随便学，我们给予支持和鼓励。他们是一棵小小的苗，不管做什么，对他都是有影响的，所以最好的办法就是不动作，为他把周围的环境整理好，让他迎接阳光雨露，自己成长。如果父母是画家或者音乐家，培养出二代艺术家的可能性并不大。这常常是因为爸爸妈妈说得太多了，有太多的想法、建议、观念，小朋友消受不了，反而表现出了逆反或退缩。

有一本书叫《天才是训练出来的》，其中提到，父母要学会鼓励孩子。

该鼓励什么，是一门非常复杂且困难的学问。简单来说，父母应该在一旁为他鼓掌，告诉他"你真努力"——为他的努力和勤奋、锲而不舍鼓掌，而不是为他做出来的成果鼓掌。

艺术的学习，在于每个阶段中的倾注，也在于不断地打破自己，这样才能往前走。对于结果的赞美相当于为他设置了一个严酷的壁垒——由于想得到父母的表扬和肯定，孩子会试图保持现状，一旦需要打破自己时，心里便会有很多纠结的情绪。

那些针对结果的表扬累积起来，会成为小朋友未来突破自己的压力。所以，作为家长要尽可能站在一旁，当啦啦队，肯定孩子的努力，以及他在这个过程中不断往前走的表现，而无须太过在意那些势必会一次次越过的成果。

笔记提要：

1. 真正的艺术的基础，是一个人对世界和生活的感知力和好胃口。
2. 身教大于言传，与其对孩子喋喋不休，不如自先己爱上艺术。
3. 好的老师，不是在教育中进行"压模"，而是帮助人成为他自己。
4. 可以多临摹大师作品。
5. 生活本身就是我们最重要的作品，好好体会，好好享受。
6. 技术是一种方法和助力，不是我们的最终目的。
7. 艺术的学习中，不要让孩子进入纯粹的功利状态，不要用我们的意志和控制力，去消磨了他们的天真热情。
8. 表扬孩子的不断努力，而不是表扬他的成果。

小功课：

- 想一想，自己对于哪一门类的艺术或技艺，较为有热情和兴趣？是否可以选择一门最喜欢和最容易开始的，逐渐了解和深入？
- 找一件你与小朋友都感兴趣的艺术作品，一张画、一段音乐、一首诗等，一起欣赏、讨论和分析。

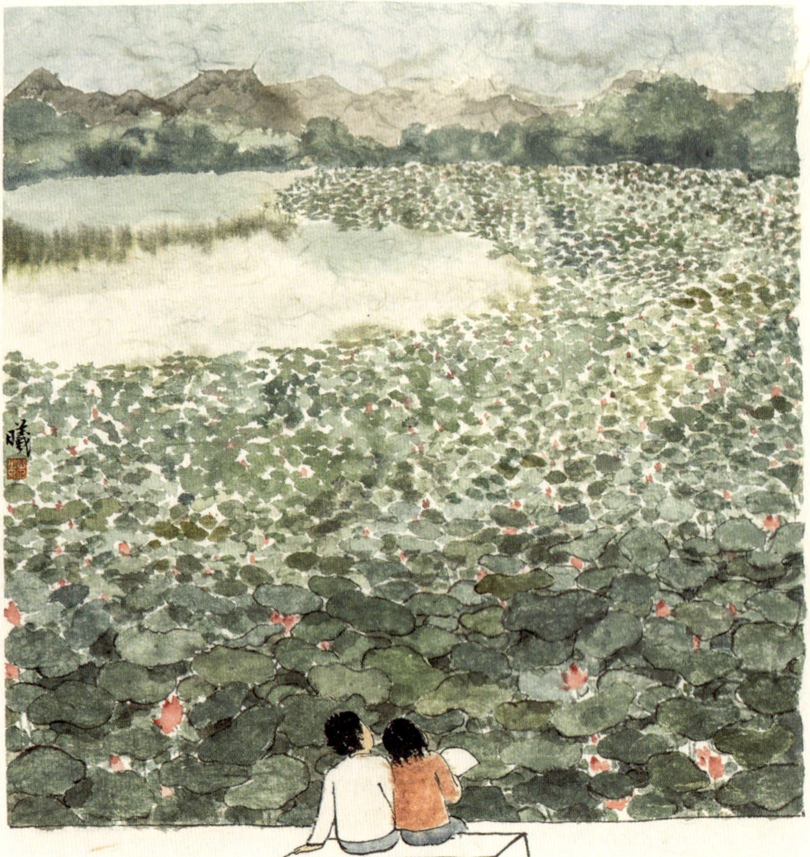
曦

"门外汉"如何看懂艺术？

如果你是艺术"门外汉",那么先用一颗真诚的心和它平等相对

平常的心

常常听到这样的疑问：没有美术基础的普通人怎样欣赏大师们的画作？为什么有很多名作，看起来并不知道好在哪里？为什么它们成了名作？

不知道大家是否看过一则新闻，一位演奏家在地铁口拉了很久琴，少有人问津，也没有什么人觉得他特别，但其实他是我们这个时代非常优秀的演奏家，如果在音乐厅演出，门票不菲。

人们对于同一个东西，可以有完全不同的反馈，所以我们很难从"怎样去看一张名画"这样的角度来谈论艺术。

一张画是不是名画，一个人是不是大师，一件作品在拍卖会上是否拍得了高价，这些东西很大程度上是他人赋予的，这些名声、价格本质上与那件作品未必有最直接的关联。对于欣赏的人而言，如果先入为主地强调"大师""名作"这样的概念，很容易让人在一种带

有滤镜的不真实的期待中看待它们,进而产生疑问:既然它都这么好了,为什么我看不出来呢?

面对一件作品,不管它有怎样的名声、你有或没有关于它的认识、了解,先保有一颗平常心是很重要的。一件作品,无论于时代、于社会有怎样的意义,当它与一颗正在观察、感受它的心灵相对的时候,便只是一件作品而已。

看一件作品,永远都有两个角度。

一个角度是作为一个完全不了解它的人看见了它。这种情形就像遇到不认识的人,聊一聊,相互接触,会得出一些直观的结论:我喜欢他,我不喜欢他,或我们有某种相似之处,我们完全不是同类,等等。

如果喜欢,最好,可以继续接触和了解下去。但如果不喜欢,我们往往就止步于此了,甚至还会去找一些理由,来印证这种不喜欢。这有点可惜,因为你的认知也就停在这里了。

另一个角度是无论喜欢与否,都暂且抛开,抱着对于未知的好奇,继续了解下去。它的背景是什么,创作它的人有什么样的故事,那个时代流行什么样的风格……每个时代的艺术家都跟当时的社会人文紧密相关,观看一张画的方法论很多,可以选择自己比较有兴趣的作为切入点。

喜好或是人所形成的趣味,和我们过去所知的总和有关。比如,我们和一个人第一次接触,可能无感,也容易因为第一印象而轻易下结论,渐渐地了解多了,可能对方身上一些你喜欢、能理解、有共鸣的特质就展现了出来,兴趣和喜好往往会帮我们开启第一步,但我们的判断和选择不能仅仅止于个人喜好。

晚明的画家中,我特别喜欢陈洪绶,但很小的时候第一次看到他的画时,我是不喜欢的,因为他画得很怪,在某种程度上是以丑为美的一种趣味。但那就是他的审美,是他认为好看的一种形式,这种形式也确实影响了后来整个清代的人物画。当时,老师说那叫高古,我却在心里默默说,那是丑。

一开始的不喜欢,并不阻碍我去临摹他的线条,了解那个时代。比如读张岱的文集,里面提到陈洪绶是怎么画《水浒叶子》的,然后再看看他交往的那些人的性情和特质,就会发现他们真的在崇拜和实践着一种近乎魏晋时的放逸不羁,于是便更加理解,他为什么要去挑战那种他认为是流俗的、只是单纯漂亮的审美了。

此中还有一个问题,便是"无常"这个铁律,在艺术中也无例外。如今,梵高的作品被奉为瑰宝,但当时的人们并不青睐他的画,艺术市场是最令他感到挫败的领域。每个时代的审美都在变化,没有一种恒定的标准,也不是纯粹个体的东西,而是形成于集体意识中。能够意识到这些,并且从中找到自己的位置,是欣赏艺术的一个比较好的切入角度,这样也就不容易被外界信息影响,产生困惑了。

总结起来,就是对于某件作品可以不喜欢,可以纯粹地表达自己的喜好,但是除此之外,不妨再进一步,把它作为一个契机去了解更多东西。如果真的不相应,也不妨碍你去赞美和欣赏,以及懂得作者的努力和背后的用心。

你被触动了吗

还想再说说第一个角度。这个角度是非常当下的，就是在此时此刻，我与一件作品彼此应照的时候，它是否触动了我。

有一类艺术家是比较现实主义的，比如，他们会试着用水墨画一画今天的CBD，画一画CBD里辛苦工作、面无表情的上班族，表达这个时代的困惑与焦虑。我们读书的时候，也要下乡去农村体验生活，描绘乡土风情，还有一些我们不曾有过经验和体会的现实题材。记得我的老师刘庆和先生写过一段文字，他说美院的风格是非常典型的现实主义风格，但如何去体验这些不属于我们自己的生活，得出感知，其实是很微妙的东西。

他的话让我很感动。不管是美好的还是不美好的，都没有问题，只要这个东西确实是你自己的就可以。

我也常想起齐白石先生说的，不是他不想画那些特别的、非现实的东西，而是现实太美、太丰富，无物不可画，各种的好看，各种可爱的细节，让他没有办法不画它们。

艺术的核心还是真诚，并不是说所有的艺术体验都要来源于自己的生活，但那些来自你每时每刻真切感受的东西，会更有质感，更能带来触动和共鸣。如果呈现出的形式和内在的情感不是从自己的生活和心中长出来的，那么它也许能带来冲击，但难以动人。

在过去物资匮乏的困难时期，曾有一些老先生，即便只有一个小面包，依然要铺上餐巾，用刀叉认真切好，优雅地吃掉。一些人会觉得这是"死装",还有一些人会非常赞赏这样的品格,觉得他在非常用心地善待自己人生中的每一刻。艺术作品也是这样的,它们就像是我们的镜子,对于不同作品、不同创造方式的反应所映射出的,是我们不同的价值观、不同的认知与审美,我们看到的其实是自己。

在今天,艺术生态的确比过去更复杂了,但回归到艺术本身,它能否触动心灵,还是一个最基本的标准。每个艺术家都是独一无二的,简单的贴标签和分类虽然会省很多力气,但不能取代你在平静面对一个艺术家的作品时,问自己是否心动、是否喜欢。这是欣赏艺术品时最有用和最准确的方法,因为有些东西直接与心灵相关,无法被经营。

笔记提要:

1. 面对一件作品时,抛开名声、价格等外在因素,用自己的心去感受,与它真切、平等地相对。
2. 不要只停留于自己现阶段的喜好和判断,试着将不明白、不喜欢,变成去了解更多的契机。

小功课:

- 从视觉感受、文字内容、作者生平等不同角度切入,试着欣赏一幅书法作品。
  参考作品:杨凝式的《韭花帖》、颜真卿的《祭侄文稿》。

手艺人的快乐

最可靠的快乐

清風起兮池館涼 丙申五月櫻桃紅時 曦

独善其身的准则

你爱好了自己，你在乎的人和世界才会好

这些年，我有两个爱好，一是写字画画，一是设计物件。写字画画能让我安静专注，从中获得很多益处和快乐，所以特别希望把这个法门介绍给更多的人，于是有了暄桐教室。我在里面做老师，分享写字、读书、静坐、画画等中国传统文化和技艺。

我非常崇拜和仰慕一些中国古代的"生活家"，像高濂、周亮工，我很喜欢、羡慕他们对生活精益求精，尊重也珍爱文人传统的人生态度，于是我也做设计师的工作，专门设计和制作各种各样跟生活、文人技艺和审美有关的器物。

作为一个手艺人，走纯艺术的道路会很辛苦，从小到大都是自己跟自己较劲。因为个体之外没有边界，只有不断向内挖掘，跟自己的过去比。画画也并不完全是大家想的那么诗情画意，它是个体力活，相关的生活状态很纯粹，几乎不用跟朋友见面，也不需要跟他人协调时间，因为工作都可以独立完成。

自从成为一名老师，成为一个设计师，我的生活发生了很多变化，可以更多地与和我有一样喜好和需求的人交流。在这个过程中，我得出了一个认识——独善其身。当我开始跟外界真正充分地沟通和交流，才发现它是多么重要，在某种程度上甚至成为我的人生准则。

清福

年初和朋友相约去看故宫的"三希堂"，我们站在那儿看了很久，很受触动。乾隆皇帝坐拥盛世天下，真正享受的地方只是一个三四平方米的小空间。今天我们在人群中互相影响，也互相攀比，来自家庭、周围、社会的压力源源不断，我们置身其中，很少能退下来问问自己，我真正需要的东西是什么、要多少？

其实乾隆皇帝给了一个答案：哪怕一位君王，他要的也就是三四平方米，在这个角落里放着字帖、书籍、玉器，用喜欢的花瓶插花……都是他喜爱的东西。

"洪福易得，清福难享"，乾隆皇帝拥有偌大世界，却愿意穿一身便服，以中式文人的形象出现在《行乐图》中。文人生活对他来说是一种清福，是他在朝堂与战场上杀伐决断之后享乐和避世的所在，可以愉悦自己，并且获得休憩。我想这就是清福的意义，不在于物质和财富的无尽积累，而是可以在有限的生命中，知道自己钟情的对象并有所选择。

穷则独善其身，达则兼济天下

从小父母就告诉我，要做一个读书人。什么是读书人呢？他们给我的答案是：穷则独善其身，达则兼济天下。这句话我第一次听到就记住了，这几年体会更深。

"穷""达"，从字面意思来说，说的是窘迫或富足的状态，但关于这两个字能量层面的感受更值得关注：当你充满幸福感和满足感的时候，很容易因为一件小事开心，哪怕是吃饭、睡觉等看似寻常的事。能体会到生活中细微的美好，这需要强大的能量支持。

很多人觉得传统文化讲究清心寡欲，但我反而能感受到它非常强烈的热情。魏晋时代的"情之所钟，正在我辈"，就是用最努力、最深情的方式活着。一生很快就过去，但回首时，你会发现度过的这段时间，在质量和密度上跟他人是不一样的。

所谓"穷则独善其身"，当能量匮乏时，人是无法享受到生活中细微的美好的。

每年四月，我都奔走在北京的各个公园，因为四月的花儿开得太美了。很多人说这是附庸风雅，但我是真心喜爱，每个人都曾热爱过某种事物，那种热情是无法阻挡的，那是一种发自本心的基本的诉求。当你无法享受这些人世间基本的美好时，第一个选择就是独善其身：真正地把自己照顾好，关注自己的能量匮乏在哪里，以及怎样补充。

"达则兼济天下"则是说，当能量充足时，你会自然而然地散发出一些能量，让大家感觉到美好。一个幸福感高、心疼自己的人，是

日課　戊戌九月　林曦

不会对周围的人不好的。否则，充满负面情绪，非但不能帮忙，也很容易影响到别人。

照顾和管理好自己，才是真正的兼济天下，是真正为生活中能够被你的能量场影响的人做的最好的事情。

爱好自己

每次看到充电宝，就会想起"独善其身"这个题目。今天的我们就像 iPhone 一样，是非常耗电的机器，如果没有电、网络和手机信号，机器是没有任何用途的。人也一样，如果只有物质的身体，没有灵魂、思想、情感，也一样是没用的。

能量消耗和匮乏之后需要充电，电是什么？简单来说，是休息，是满足感和成就感，但另外还有对真理的探索、自我的成长——这也是大家最难发觉的匮乏。作为有灵魂、有觉知的人，我们在生存中会有这样的需求以及随之而来的心灵成长，如果缺失这部分，只限于生存的层面，独处时很容易心慌或陷入缺乏生机的麻木。

我们现在的生活，总处于一种被占满的状态。每次暄桐教室开学的时候，都会发给大家一个信封，请大家把自己的愿望或那些一直在嘴上念叨着但没有做的事情，梳理一下，写下十件，放进信封，由教室代为保管，到毕业的时候再打开，看看完成了多少。如果十件都做了，便会有一份大礼，但很遗憾，从来没有一个同学拿到过。

这和我们的人生很像，充满了太多所谓紧急但不重要的事情。于是我们把那些不紧急但重要的事情一件一件地往后推，让自己陷入各样杂务，而那些关于自我的人生需求，却在很长时间内都处于未被满足的状态。

生活中一旦有悬而未决的事情，人就像一台无法关机的电脑，开着窗口，占着空间，不断地消耗着能量。即便手上有再多的事情，都无法填补那一块空白。

我们为什么会陷入这样的困境，为什么"享受当下"被所有人认同，最后大家依然不能活在当下？

这也许是一件有些难的事情，所以也更加需要被思考。从我个人的经验看，关于"充电"的方法，就是在生活里尽量为自己创造一个可以活在当下的环境，选择一些有益于自身成长的事，然后专注其中，并且不计较收获，不贪求成果，以一种不功利的态度，把精力与热情投入进去。

相信大家对悬赏式的教育方式并不陌生，我发觉这套模式对自己不太管用，于是慢慢摸索，然后看到了另外一种激励方式——无目的悬赏，告诉自己结果不重要，享受这个过程就好，专注过程、忽略结果，有愿心，无目的。

我曾做过一个主题为"无用之美"的讲座分享。所谓"无用之美"，不是说美没有用，而是说当你竭尽全力地享受过程时，往往会得到好的结果，但事实上我们常常纠缠于结果，而不能享受其中的过程。那个结果并不代表着快乐，它或许是生活的一种必需，但与我们内心所需要的那些抚慰与充实，常常不是同一件事。

小朋友玩游戏能玩得非常投入，就是因为游戏没有什么结果，不用患得患失、思前想后，因而可以完全专注，获得充实的体验。同样，我们看书或电影时，因为足够单纯，所以会自然地被触动，深深地沉浸其中。中国古代文人的生活方式也是如此，在琴棋书画诗酒花中，他们跟世界交互、为自己充电，因为这些爱好，每一天都有一些时刻可以愉快地度过。

只有沉浸在过程之中，我们才能全然地享受这个时刻。纠缠于目的，会很难兼顾旅途。只关注物质增长而忘了给心灵充电，这样的状态，会令人活得匮乏。

另外，不要随意付出太大代价去做一件事，因为代价过大的时候，目的就更加明确和功利，人也会更倾向于缠斗到底，最后即便结果达成，我们的能量也在"战斗"和"争夺"的过程中消耗殆尽了。也许我们最终会感觉如释重负，但未必快乐，未必有足够的精力和兴致去体味其中的美好。

要先爱好自己。管理好、照顾好和爱好自己，一切事都可以解决。如果这件事没有做好，即使做了千万件事情，到最后还是会不开心。

找到你的出厂设置

爱好自己，需要先了解自己。我的一位中医老师有个很有意思的

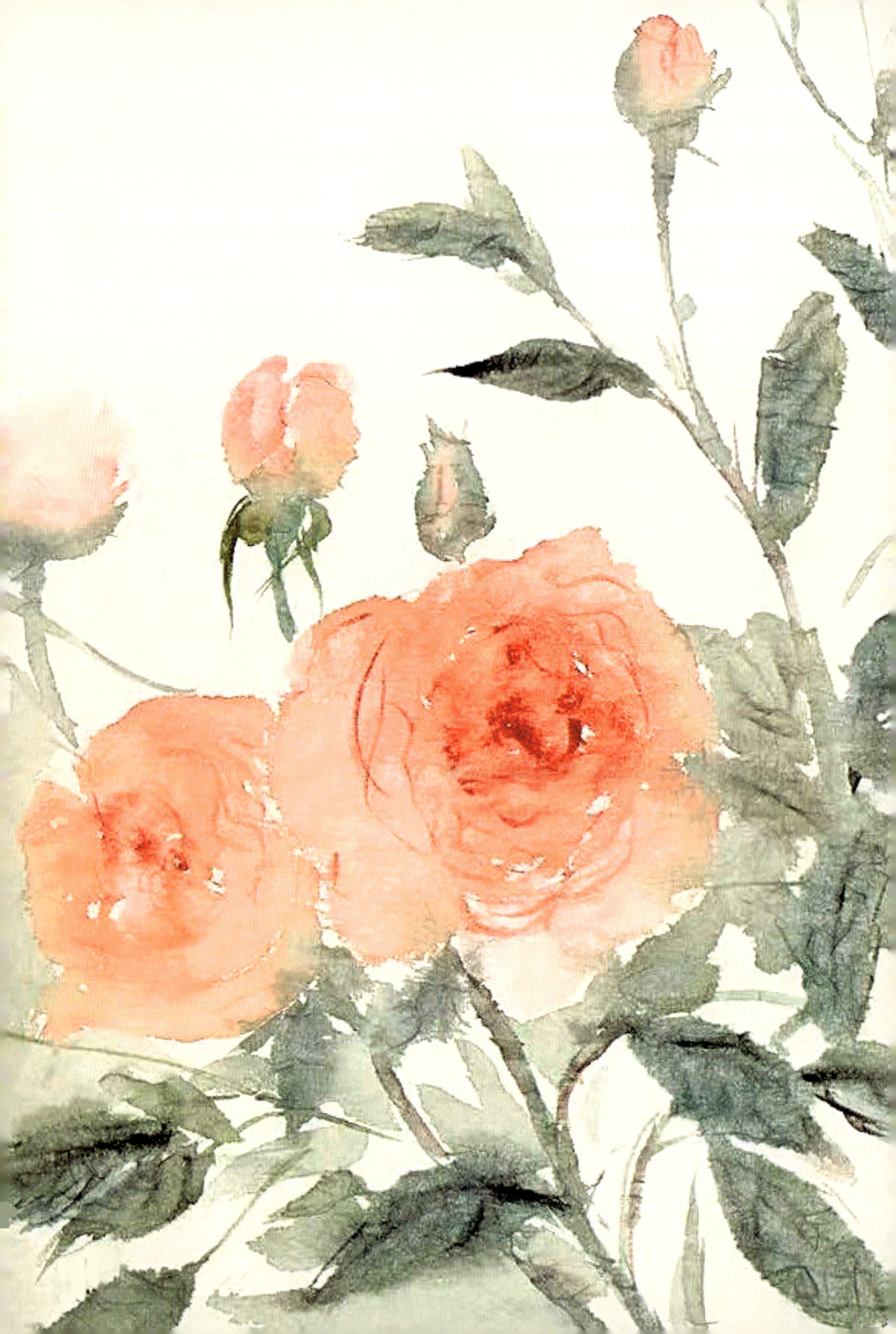

观点，每个人都有自己的出厂设置，而且都不太一样。我们要活得与自己的出厂设置尽量匹配，这样才能时时处于充电的状态中，而不是一味地纠结、消耗。

每个生命都需要独善其身，需要独立去发现和寻找人生需要什么、爱什么、要做什么，每一个人的生活方式都不同，没有放之四海皆准的标准。如果一定要用标准来要求自己和他人，一定要付出代价，做出舍弃和牺牲，那只会得到负面的结果。

承认人的差异性并坦然接受差异带来的特点，是很快乐的，而同频的分享会令人更加开心。就像大家能读到我的文字，一定是因为我们的出厂设置中有某些部分是类似的。人把自己活好了，还能分享一些给他人，是多么开怀的事情。

关于这一点，有一个判断的方法：当你在做的事符合自己的出厂设置、符合本性时，你会感到非常轻松和满足，即便辛苦，也有踏实或甘之如饴的感觉；当两者不相符时，哪怕把一些事做得再好，都会觉得累，感到能量匮乏。不过，要注意把这种累与练功进阶中必要的努力区分开。也就是说，你的付出背后，有一种自然的力量让你往前，你不会太过计较，也不需要粉饰或为它找借口。

比如，我充电的源头是手艺，在写字、画画、读书的时候，有一种非常纯粹的快乐。人生总有尽头，但传达在艺术之中的热情不朽。今天我们读到古人的诗、看到古人的画时，仍会体验到强烈的感动和冲击。与古人穿越千年相会，以心印心，并且通过手里的功夫、日常的践行，去更深刻地体会和受益，是一件充满幸福感的事情。

爱自己的第一步，就是要了解真实的自己，了解自己能做什么。可能我们太渴望成为更理想的自己，那些预设的形象、虚高的期待就成了负累。可能有一天我们发现真实的自己并没有想象中的那样好，便会产生巨大的失落和痛苦。

与其带着强烈的自我谴责和不认同，不如干脆"认输"：我就这样挺好。因为并没有所谓的标准来决定一个人应该长成什么样子，所以不必对自己过于苛刻，不如退回来，如实地看看自己并且接受。在接受自己的基础上进行改变是加分的事，而在否定自己的基础上，任何改变都只能带来挫败。这也是为什么有些人去参加各种培训课程、各种心灵工作坊，生活依然没有更好起来的原因。

我们和世界的关系

我在和大家面对面交流的时候，常常感受到一种很强烈的爱和能量，这是你们给我的营养，我也回馈出我的思考和情感。我们跟世界的关系也是这样，是一种能量同频的交互。

你有没有问过自己，吐纳给这个世界的是什么，能释放出什么样的能量？

世界上有一种非常简单的因果关系，你放进去什么，它便还给你什么。所以当你想要什么的时候，最好先给出相应的东西。多释放正面的信息，一定会得到好的回馈。

将"独善其身"这件事练起来,爱好自己,便可以自然而然地兼济天下,惠及周遭,在一种健康而良性的往来中,好好生长。

笔记提要:
1. 照顾和管理好自己,是真正为生活中能够被你的能量场影响的人做的最好的事情。
2. 体味和享受生命的美好,需要能量的支持。
3. 选择一些能帮助自身成长的事,为自己充电。
4. 了解真实的自己,了解自己能做什么。
5. 想要什么,就要先给出什么。

小功课:
- 每天留一段固定的时间,把所有的外在因素放下,只跟自己在一起,哪怕只有五分钟。看看自己是否觉得幸福、满足和甜蜜,是否觉得生命被滋养。那一刻,你的心里有什么?

世間事
貴痛快
曉

半如儿女半风云
—— 齐白石的匠心与天真

同齐白石先生学处事与自处之道，长安身立命的本领

偶像

不知道大家有没有偶像，对于我而言，齐白石先生就是我的偶像。

齐白石是谁，每个人心目中的答案是不一样的。我问过很多人，对齐白石的认知是怎样的，大家脑海中首先出现的往往是"画虾"这个标签。

对很多人来说，他是一个长着白胡子的老爷爷，会画虾、画各种动物。这没有问题，但他也是20世纪中国最重要的艺术大师。1956年张大千先生去法国拜访毕加索的时候，看到毕加索在画中国画，临摹的就是齐白石的作品，老先生在艺术史上的重要性毋庸置疑。

对我来说，齐白石先生不仅仅是绘画大师，更是手艺人的楷模。他身处中国社会急剧变动、思想上面临各种冲击的时代，但他为自己找到了一个相对简单也令他十分专注的安身之处。

据说，现在一个人一天要面对和处理的信息量相当于唐代人一生接收的全部信息。今天的我们处在一个富有挑战性的时代，互联网放大了一切，手机变成了巨大的加速器，在这样一个需要不断做判断和辨别，同时也伴随着巨大消耗的环境里，我觉得深入了解齐白石先生的意义尤其重大。

对手艺人来说，齐白石是一个楷模；对每个人来说，他的处事之道、安身立命的学问，都具有启发性。有困惑或是感到迷茫的时候，从他的日记、笔记、画作和自传里，总是能找到答案。

我想，与齐白石有这般内在契合的不仅仅是我，所以想把他的一些处事与安身方法分享给大家。

要了解得多一些

北京有一条跨车胡同，跨车胡同13号是齐白石先生的故居，近旁有一座姚宅，是当时大成拳宗师王芗斋教拳的地方。关于大成拳有一个故事，或许也有夸张的成分，大意是说，有一天芗老不在，院子里站满了正在站桩练拳的学生，齐白石先生溜达到了邻居这儿看看。老爷子拿着毛笔，在这个人身上戳两下，那个人身上戳两下，居然有倒地的，他还会指点他们，说哪里站得不对。

当时齐白石先生的弟子李苦禅先生也在芗老处习拳，两人在交流中提到，武术与绘画之理是相通的。芗老说道："何止与画理相通，还与戏理，文理，医理，兵法之理，治国之理，人生之理，乃至宇宙之理相通。"

这是我想首先介绍的背景，想要了解这样一位生活在上世纪的画家，不能单单只从画入手。中国的功夫，底层的道理相通，术的层面有分别，但在修养上，都得融会贯通。所以过去的中国文人往往都是通才，他们是在传统哲学和一个大知识背景下长出来的一棵又一棵大树，各有风格，脚下的土壤则是大家共有的。我们了解一个人也是这样，就像齐白石先生，如果只从画本身入手，难免错过很多。

大家若有兴趣，也可以去了解一下大成拳的创始人王芗斋先生，他讲过几句话，我觉得非常应心。他说，学拳要先从理开始，也就是说要明理。理从哪里来？他认为是从习字中来，拳法的道理和书法的道理是一样的。在导演李安的电影《卧虎藏龙》里，俞秀莲去找玉娇龙问剑是谁偷了的时候，看见玉娇龙在写字，便非常确定那把剑是玉娇龙偷的，因为看她运腕写字，就知道她是会功夫的人。

这些背景不是猎奇，而是一种了解，今天我们习惯于把各个学科都划分得非常细，其实过去中国的传统不是这样的，不同门类的学问交融贯通着，背后有着相似的路径和道理。如果我们对一个时代的人物有兴趣，就要多了解他的生活背景，多了解他的周围都有谁、都是怎样的，这样才能有更完整的认知。

有匠心：半如儿女半风云

"半如儿女半风云"，齐白石先生教学生画画时，总是提到这样一句话。

小儿女的缠绵和大风云的挥洒，其实是一组矛盾。比如白玉，一块油的料子很容易泛青，如果一块料子很油还很白，就是俗称的羊脂美玉，很珍贵。同样的道理，当两种矛盾的特征能够在一个个体上很好地融合的时候，便会带来纯粹和丰富的感觉，产生一种很好的审美体验。

小时候学弹琴，老师说弹琴要追求"刚健并婀娜"，教写字的老师也说过相似的话，他说："你应该想一想，一棵百年的梅树看上去好像要枯死了，但上面又长着一颗颗小小的花蕾，暗香扑鼻，这叫'老树着新花'，你应该去体会一下这个感觉。"

传统的审美一直都是包含矛盾的，是极端与矛盾最终达成的融合和平衡。就像一个不苟言笑、非常严肃的人，有一天对你讲了个特别好笑的笑话，或是一个平时看上去吊儿郎当的人在很认真地做事，你会心中有惊喜或者被感动。而单一个性、单一特质的发展，很难出现融合的美感，"半如儿女半风云"也是这个意思，不论画画还是做事，都要有敏感的内心，也要有果敢的力量。

说到齐白石先生，除了画虾，我们也很容易想到他那些痛快淋漓的大写意，就像人人都喜欢的他的一句话——"世间事，贵痛快"。我们喜欢看到这样的痛快和风云挥洒，并且愿意学这个，但往往忽略了这样的痛快是怎么来的。痛快背后，是经历"日日挥刀五百次"才能练出的果敢，所以我们在学齐白石的时候，学的更多的不是"大风云"的结果，而是那种"小儿女"的品质，也就是他的匠心。

今天我们都在提倡工匠精神，那么匠心是什么呢？我想，就是一种能把自己当作一个资质平平的人，把应该做的努力每一步都踏实做到的态度。

齐白石先生留下了很多画稿，我总觉得，这些画稿比那些画完的作品更让我喜欢。可能因为我也是一个画画的人，所以更能感知他在用心经营着什么。大家看到齐白石先生的大写意时，会有一种幻觉，觉得就是唰唰唰几下随便画出来的。但如果你看过那些画稿，就会知道并非如此，在那幅最后完成的作品之外，他还下了很多功夫，在那些大风云之前，犹如小儿女般非常仔细地经营着。

在他的画稿上，会看到各种各样的批注：花蕊是什么颜色，用什么颜色的墨好看，仙鹤腿的比例是怎样的。再比如，画面上只有几个蝌蚪和两只青蛙，但这两只青蛙和几个蝌蚪之间的关系他也做了很认真的处理。看到这些的时候，我会想起姜夔说过的"如见其挥运之时"，好像能体会到先生当时内心的琢磨和碎碎念一样。

我想这也是他的作品能够真正流传下来，成为经典的根本原因，一件作品中倾注的心力和它得到认同并流传的程度，应该是相当的。

《人生若寄》一书中，收录了很多齐白石先生的文字手稿，比如信札和日记，其中密密麻麻地记录着每天的琐事，家里谁生病了，吃了什么药，他认为这个药有什么作用，或者谁来拜访，这个人是谁的朋友，又或是有谁买了他的一张画……每件事情都记得非常仔细。可以看到，他每天都在做一个功课，不为了给别人看，而是给自己交代，这种认真、郑重对待生活的态度，和他画画时的那种仔细，其实是相同的。

这也是庄子精神、艺道的专精，但大家不要只把"艺道""匠心"这些词与手艺和艺术联系起来，仅仅由此想到画画、写字、插花这些风雅的事情，或只是将它们理解为专业的事情，就像一位会计把报表做得特别仔细。实际不是那样简单，当你可以把职业、专业里面的态度和精神落到生活中的每一处时，那才是它们真正的价值所在。

与人说话、跟人接触、每天的工作，都需要以这样的状态来对待，就像妈妈今天把菜做得比昨天好吃，也是匠心所在。在这个状态里，重要的不是手上的那一件事要好到怎样的程度，而是因为有这种对于自己"资质平平"的认知，所以我们会更平和、更持久地努力，从而获得生活品质的扎实提升。

在积累了一些人生经验之后，我想大家都有这样的感受：渐渐地，对一个人的品评、认识，不再基于他的履历。我们能阅读的材料越来越多、越来越隐秘，可能见面时一眼扫到他鞋带的样子或是他穿了一件什么衣服，他身上的气味，他说的一句话，他随手的一个举动，等等，都会成为信息的来源。我们之所以需要把匠心落在生活的每一处，就是因为我们的心与行为始终是一体的，你的用心之处就呈现为你的样子和生活的样子。

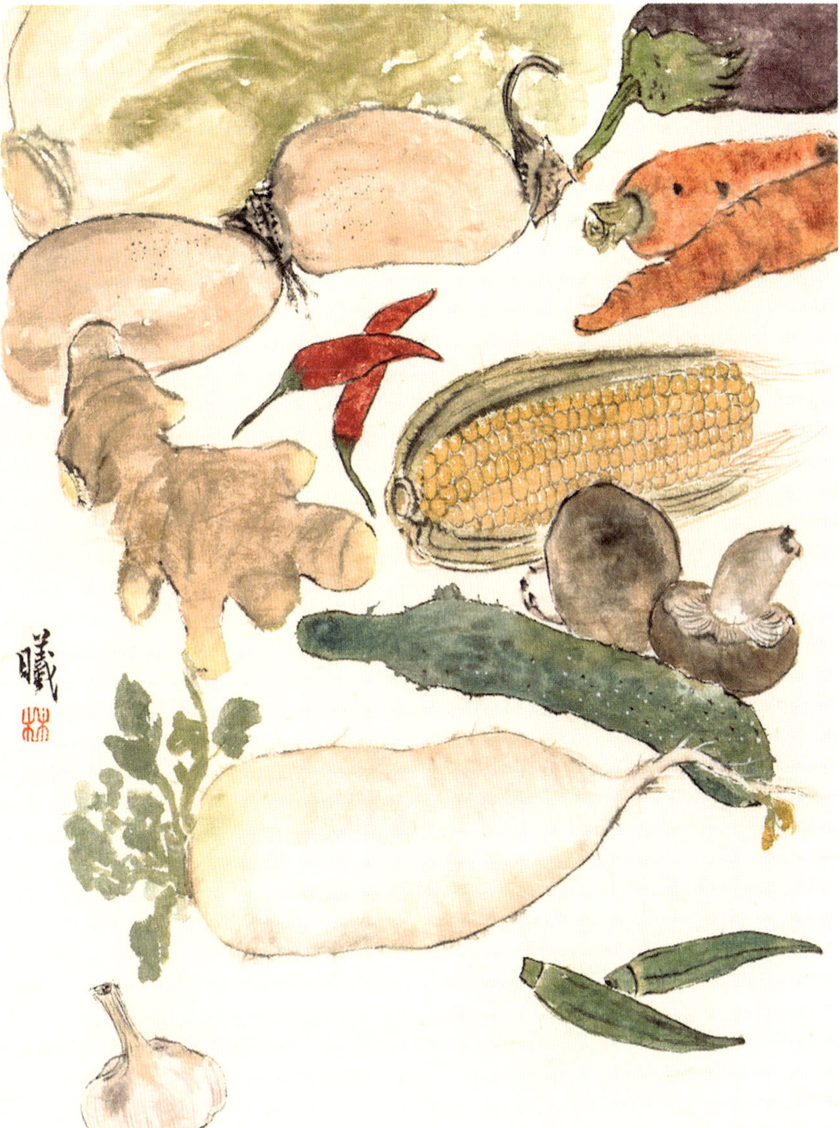
曦

天真之所在

以前美院有位老教授特别可爱，他有句话让我印象深刻："过去的老艺术家可是勤勤恳恳一辈子，你们现在都是艺术家的本事没长，艺术家的脾气全都有了。"

过去，一个艺术家是靠自己的本事——用自己的学问见地、用手下创作出的好的作品——面对世界，而不是用自己这个人。因为每个人都不一样，你的蜜糖可能是他人的毒药。人与世界相对的时候，总是会有一些艰难，会痛苦一些，但如果用本事、用手艺来安身立命，去面对世界，就会相对地容易些。

我们以"匠心"来代表这种状态，今天大家都意识到了它的可贵，也是因为明白了在某种程度上手艺可以是解脱之道。

齐白石先生在自家墙上贴过一条纸，写着：我的画润格多少多少钱，一分不能少。类似这样的表述，今天有多少人藏在了心里，扭捏着羞于出口，或是无数次分批分量"含蓄"地表达，希望大家知道，到最后往往不欢而散。

齐白石选择第一时间"告白"，本质上是因为他有本事，并不需要花时间跟人情周旋，因此反而具备了一种更深的真情，有一种不世故的天真。很多类似的美好的存在，古来便有很多。天真不是任性，不是"我想怎样就怎样"那么简单，有真本事的人也有真性情，当他拥有自己的规则和小世界的时候，很多事情就没有那么重要了，所以他敢于不和人周旋。

齐白石先生的画都很可爱，但他的画作风格其实和那时候北京画院的体系特别不一致，所以当年到了北京之后，齐白石先生承受的压力是很大的。时代在变，人心千古不变，周围对他的怀疑和指责一直没有停过，说他抄袭的、说他粗鲁的、说他俗气的、指责他没有学历的都有，这其实和今天的社会状况一样，只是当时没有互联网而已。齐白石先生很了不起的一点就是，他并没有强烈地迎合当时北京主流画坛的意愿。他还在这个场域里谋生，能在没有获得真正的认同和市场大好之前一直这样作画，真的很难得。

这样的性格也不是他成为"北漂"之后才形成的。二十多岁的时候，他跟着老师学诗，同学大都是世家子弟，或是背景深厚，只有他是农民家庭出身。过去，人们对手艺没有今天这么重视，大家都不太看得上他，而他也不辩驳。有一天写诗的时候，他写了两句，很得老师赏识。这两句诗是"莫羡牡丹称富贵，却输梨橘有余甘"，意思是不要羡慕牡丹富贵，我会有沉甸甸的果子，我是有"余甘"的。这便是谶笔言志，回看齐白石先生的一生，也确实如此。

后来他在自传里写过相似的话，说诗好不好，学问好不好，百年之后自有公论，不必争一日之短长。

我们今天能听到太多的资讯、五花八门的评论，有说你好的，有说你不好的，有的有理，有的不对，但最重要的其实还是忠于自己内心的标准。

每个人都不一样，我们来到世界上，追求的目标和想要实现的价值不同，所以无须浪费太多的时间、精力和资源为别人活，最重要的是找准自己的路以及建立属于自己的衡量标准,这个标准就是我们的安逸与天真之所在。

不晚

大家都知道,齐白石先生在六十岁时候的"衰年变法"。他最初勾摹《芥子园画谱》,后来学石涛、学八大山人、学徐渭,学了很多,也一直在摸索自己的一套语言。

六十岁的时候,他决定开始变法,学吴昌硕那一套大写意。这其实相当于丢弃过去的成果。当然,过去所有的积累,都是对他变法的支持。而在他决定变法、成为新的自己的时候,真正属于他的艺术生命才刚刚开始。

他说过一句话:"余作画数十年,未称己意,从此决心大变,不欲人知,即饿死京华,公等勿怜,乃余或可自问快心时也。"意思是,如果变法之后大家都不承认我,我饿死京华,你们也不要同情我,在这其中我有我的快乐。

我想,他愿意做这样的改变,付出这样的代价,是因为他在追求自己真正想要的东西,这跟那句"世间事,贵痛快"一样有千钧之重,这位老爷爷真的是有承担的。他能成为一代大师也是必然,因为变法、创新不仅仅是画张画那么简单,还要有格局,要有老树的枝干,也要开得出新花。

今天，多少人刚到中年便已"放弃"了自己，或用年纪作为分界，觉得已经到这个时候，不用再"折腾"了。还有很多年轻的小朋友觉得这个没有意思，那个也没有意思，好像一颗心已经老了，但也有很多八九十岁的老人，尚且心存饱满的好奇和求知欲。我和一位八十多岁的奶奶聊天，她能很熟练地使用智能手机，通过各种手机软件来让自己的生活更方便。我们交流的时候，她与当下这些新事物、新工具完全没有隔阂，甚至会说微信上的这个功能我不会，吃亏了。

《纽约时报》上有过一句话，大意为：知识之树和青春之泉是一回事。我特别喜欢这句话。其实人的年龄不只有生理年龄这个判断维度，很多时候更多地来自一种感觉，你的状态决定了你的年龄。我曾经拍过一个系列视频，叫"齐白石你哪里好"，其中一集的主题就是年龄，盘点了很多上了岁数但依然充满活力的人，就像画画的摩西奶奶、拍电影的伍迪·艾伦、盖房子的弗兰克·盖里、昆虫学家爱德华·威尔逊，他们都有自己热爱的事，并且一直在其中耕耘。

所谓的年龄带来的无力感和退缩，往往是因为生活中没有能够抗衡时间的不朽的东西，比如一门手艺。当你可以好好地专精一门手艺、一件事情，不以年龄作为借口，不害怕改变，就会像相机有了焦点一样，烦恼立刻变少，可以活出超越年龄的状态，拥有一颗赤子之心。

所以，在叹息岁月不等人的时候，也要问问自己，我们有没有去追求年轻。

"不晚"是齐白石先生给我们的一个很重要的启示。没有任何一个理由可以阻挡你成为自己，阻挡你去实现人生、变成自己的主人。充满活力地生活、做事，任何时候都不晚。

管理学大师彼得·德鲁克在《卓有成效的管理者》一书中说到，世界上有四种事情：紧急的、不紧急的、重要的、不重要的。紧急又重要的肯定优先处理，紧急不重要的往往也因为各种压力和自我暗示，被督促着处理了，最可怕的就是那些不紧急但是重要的事情悄然无声地被错过。

大家常常说，"等我忙完这个再说"，但在这样的惯性里，我们往往无法去做真正重要的事。所以，要把那些重要但不紧急的事情列到重要且紧急的日程上来，然后不要找任何借口，尽全力去完成它们。

像农人那样埋头耕耘

前面说到，在齐白石先生的那个时代，他的画与主流审美并不符合，当时流行的是所谓的文人气，一种含蓄的风格，而齐白石先生的画法非常泼辣、直白。

他承担的压力和今天任何一个有声望的艺术家所承担的相比都不会少，而他的选择就像他在一首诗中所表达的："铁栅三间屋，笔如农器忙；砚田牛未歇，落日照东厢。"

齐白石先生是农民家庭出身，农民往往有一个特质，就是只关心自己的园子，不问外界世事——我把我的园子耕好，结我的果子，好好关心这个园子里面的收获。其实对我们而言，这样的态度是很好的安放之道。

我常常有一种感受，很多人都在感叹今不如古，但其实每个时代都能听到这样的感慨。

今天我们的生活品质已然比古人好太多了，但人只要想抱怨，便可以找到一万个理由，从空气到食品安全、地下水质量，每一个主题都可以引发一场讨论，合理化自己的一些不如意。这样的状况在每个领域都存在，大家觉得，不久之前有过一个黄金时代，而我们恰好错过了。

其实，对于只有一次人生的我们来说，每个人的黄金时代就是当下。对自己最好的安放就是回到当下，好好对待手上这段你能够把握的时间。

人一生的幸福或不幸、遭遇的故事、遇到的磨难和考验，其实总量是类似的，不存在一种超乎想象的幸运。也许我们可以用"运气不好"来安慰一下自己，但当你有能力可以更好地安放自己的时候，千万不要犹豫，立即去做，因为相对而言这是一件更容易也更能带来收获的事情。

与其去抱怨，不如自己创造一个天地，像农人那样埋头耕耘。喝茶也好、弹琴也好、插花也好、写字也好，投入一项可以稳定地安放自己的功课是最靠谱也最简单的途径。

在暄桐教室，很多同学都有忙碌的工作和生活，但每天仍能抽出一些时间，甚至两三个钟头，写字做作业，大家为什么能够做到？因为当一个人专注于笔下、安心耕耘的时候，世界也就安静了下来，做作业会累，但人是安心的。

天下晴空一羽毛

安放自我的功课有很多种。我们需要真实了解自己是什么样的人、适合什么，然后找到属于自己的那一件。

我喜欢中医，《黄帝内经》中说："膻中者，臣使之官，喜乐出焉。"意思是说，如果你想要成就的事情一直压抑着，迟迟未动，就会觉得胸口压着一口气，如果你往前推动它，完成它，便会有喜乐之感，会有一种全身轻松、可以随时起舞歌唱的感觉。

讲到这种轻松的感觉，我们可以回到齐白石先生当年的邻居王芗斋先生写的一句诗："钟山云雾如参透，天下晴空一羽毛。"这恰恰能形容那种轻盈。

"钟山云雾如参透"是说，这个世界看上去纷繁万千，云山雾罩。如今的时代也是这样，如果你总是向外去贴合别人的标准，很容易活得云山雾罩。因为每个说法的背后都有一套逻辑，每个逻辑都源于内心不同的需求。

如果能参透生活的道理，找到能量的来源，找到安放自己的位置，便不再会被干扰、困惑，"天下晴空一羽毛"就是这样的感觉。蓝而广阔的天空中白云飘飘，而你就是空中那根羽毛，自在而轻松。

推荐四本书

《齐白石全集》
从齐白石先生的画作有留存记录开始,到他去世,能看到的作品都收录在其中。

《人生若寄:北京画院藏齐白石手稿》
收录了齐白石先生的信札和手稿集,还有日记、账单和各种便条。从这些生活碎片中,能够感受到他的鲜活和真实。

《齐白石画法与欣赏》
采访了齐白石先生的学生后出版的一本书,如果大家对中国画有兴趣,这本书有点像一部"齐白石宝典",可以从中得到很多启发。

《白石老人自述》
齐白石先生第一人称的自传,就好像一个老人坐在对面,给你讲述了他的一生。

笔记提要:
1. 以一个资质平平的人该付出的努力,去做好每一件事。

2. 有真本事的人，便有真性情。
3. 找到适合自己的事情，去推动它、完成它。
4. 不以年龄为借口，不害怕改变。

小功课：
- 判断自己生活中的各种事，按照紧急的、不紧急的、重要的、不重要的进行组合分类，然后排出优先级。
  比如优先完成那些重要而紧急的事；将重要而不紧急的事，纳入计划，开始执行；紧急而不重要的事，要注意投入的时间和精力成本；不重要也不紧急的事，往后放或者做减法。

求頑耍　壬寅　林曦

文墨可爱

找到知音,和字一起成长,掌握创造的方法,退后一步的智慧
——写字教给我们的一些事

作业是什么

2017年,暄桐教室做了一次习作展,主题便是"文墨可爱"。

当时有朋友问我,为什么把为同学办的毕业作品展命名为"习作展"?

我说,因为如果暄桐教室只能选一个关键词,相信所有同学都会默契地选择"作业",甚至有同学说半夜都能梦到老师催作业,可见这是一件多么"深入人心"的事情。

我想先聊聊作业。

如果查辞典,"作业"的意思就是那些为了生活和工作必须完成的基础的事情。小朋友上学,要完成自己的作业,大人学了一个新事情,也要做作业,这是一个比较现代的讲法。在古代,"业"从宗教的角度讲,其实就是种子,从"因"到"果"之间的必然性,便叫作"业"。

有一颗种子，种下并让它结果，这是作业的本质。做作业的时候，我们也在积累善的种子，正面肯定自己的经验。

朋友跟我开玩笑说，每次看暄桐教室发微博，大家不是在写字，就是在吃蛋糕，因此得出一个结论：暄桐教室就是一个写字和吃蛋糕的地方。我说这其实也没有错，这就是我们的一种特质和状态，大家一边努力地精进，一边也努力地享受。

那么在暄桐学写字到底在学什么？我相信这是很多关注、喜欢暄桐的人们好奇的问题。

通常，来到教室的第一节课是纲领性的，我会用三个小时的时间让大家了解我们要学什么。一般我会很直接地告诉大家，你可能觉得自己是来学书法的技术，但是很遗憾，书法以及书法的技术在过去的传统里既不是源头，也不是过程，它们是一个结果。

比如，一幅书法作品非常美，那么，构成它的是什么呢？构成它的是背后的人以及他的功夫。这个功夫既有手上的，也有心理的。我和同学说，想练这番功夫，我们需要把学习的目标放在三个字上，即"得自在"。

得自在，就是在每天静下心来写字的时候，进入一个类似充电的模式，与外界略略有所隔绝，并且能够回归到内心，反观自己。

那么，如何做到得自在？我的方案是八个字："心手相应，知行合一。"

有时候我们不开心，是因为用了太多心思在计算和衡量上，而心的感知和手的操作往往是脱节的。当心跟手能够完全对接、同行同止，那一刻心里便会得到一种全然的宁静，好像一切都和你间隔了一定的距离。而"知行合一"是说，我们心智层面的懂得和行为层面的实践也是两件事，知道的同时能做到也是不容易的。

所以，我们的学习是以技艺作为钥匙和入口，进入到"心手相应，知行合一"的状态。

写字其实就是在练习和养成这件事情。从把一个笔画摆得比较漂亮到把一个字摆得比较漂亮，再渐渐地可以把一行字摆得比较漂亮，最后变成整个篇章都漂亮，处理的不是一个单调的关系。当你能意识到这个整体的时候，就会对一个笔画、一个字，或者一个你愿意为之经营和努力的点，产生不一样的认识，由此对自我也会产生不一样的认识。

这就是作业的本质。在暄桐，作业通常有三种形式，我们称之为教室版本的"三省吾身"——每天静坐没有？读书没有？写字没有？每堂课的形式也是这样，先静坐，然后读书、写字。

静坐是帮助大家沉静下来的过程，因为一个装满了水的杯子是无法再倒进水的，要加入新的水必须先倒出已有的。而读书是希望能够拓展大家的眼界，无数的智慧和经验都凝聚在其中。教室的学习目标之一，就是要把大家"喜欢听"和"喜欢说"的习惯，慢慢调整为"喜欢读"和"喜欢写"。具体到写字，它比较像一项技艺，用庄子的思路来讲，我们需要借由一项技艺来实证"知行合一"，不然永远都处在"知"的层面，没有推进到"行"的层面。

好多同学会说："我太忙了，没有时间写作业，老师能不能开一个纯讲授、没有作业的课。"但我一直强调，书法是教室的立身之本，这是一个原则，作业的核心其实就是实证的功夫。

文：性情

再来聊聊"文墨可爱"这四个字。

首先，"文"是什么意思？

"文"在甲骨文中，是一个胸前有许多花纹的人挺胸站着，"文"最早就是文身的意思。

仔细想想，在远古甚至更早的时候，大家在山洞里唱歌、跳舞、画画，打磨各种各样的珠子……当生存危急时刻潜伏在周围的时候，他们为什么要做这些事？当然，我们可以简单地说是因为高兴、开心，但更深入地讲，其实是因为我们生而为人，来到这个世界上都是孤独的，当个体意识到这种孤独时，就会希望自己拥有一些特别的地方，希望能够与他人有所区分。如果没有分别，人和人都一样，我们也就不会产生好奇去了解他人了。

所以，古人在身上文出各种花纹，是希望有人了解他。他发出声音是为了寻求同类，这是一种非常基本的心理需求。当他找到同类时，因为大家有共性，就开始有人跟他一起开心，这是一种独乐乐不如众乐乐的快乐。

蔡邕在《笔论》里面说，"书者，散也"。散是一个舒展的动作，散的是"怀抱",这就像远古的人文身一样,他想告诉你的是他皮肉之下、内心之中的所感所想。

这是"文"的本意。

我们的心里都渴望找到同类。记得二十岁出头时,在人群中看到一个女生穿了一条自己也穿着的特别喜欢的裙子,那是一条很小众的设计师品牌的裙子,于是彼此对视时会心一笑。你到一个朋友家,可能是初识,然后他泡了一壶茶,这壶茶恰恰是你熟悉、喜欢的味道,那一瞬间,你们之间的千山万水就消失了。文人也是这样的,他们有一套游戏——琴棋书画诗酒花,它们的本质也是一种"文",一套求得同类的暗号系统,那一刻那一点令人心动的东西,正是一代一代文人孜孜不倦要传承的东西。

普鲁斯特问卷中有一个问题:你最想复现历史上哪一个时刻?我最想复现的一刻就是释迦牟尼佛在灵山会上拈起一枝花时,下面只有他的学生大迦叶笑了,释迦牟尼佛便说,我把正法眼藏、涅槃妙心传给他了,不立文字,教外别传。我最想看到的就是这一刻,因为在这一刻,他们之间一定有文字无法表达的会心默契,一定要身临现场才能体会到。

同样的,一个人隔着千年看到了一幅墨迹,他和作者之间的会心也是如此,不会受到时空限制。我在台北故宫看黄庭坚的《松风阁诗帖》时,觉得黄庭坚就站在我面前,鲜活真切。

《松风阁诗帖》用的纸和墨都很惊艳,字迹闪闪发光,亮得就像昨天刚刚写的一样。这就是艺术的魅力,让人远隔千年也能感受到一颗活蹦乱跳的心和真切的感情，这也是"文"的本质。

如果以看书多少和知识总量来衡量，我们将来都会败给人工智能，在这方面谁都比不过芯片，因此我们不能简单以量化的方式作为文人的标准。我想，文人应该是一群不论在什么样的外在条件下，都坚信心能转物、能够活出品质的人。

想想张岱、袁宏道、高濂、张充和这些大师。以张岱为例，从最富足、得意的少年，到非常失意的晚年，他都在以同一种态度面对生活。还有张充和先生，日军轰炸重庆的时候，她却能在防空洞里用小楷写姜夔的《白石道人歌曲》。

吃一餐饭，能写诗表达感受，看一棵草，可以将它画得很美，困境之中，心里仍然有生机，看到转化的可能，这就是"文"。能把一切品质化，提升有限时间中生命的质量，有这样生活态度的就是文人。

墨：生长

如果说"文"的核心是性情，那"墨"的核心就是生长。

我们不可能一口气吃成个胖子，任何一门学问，最终都有一个完整的体系，有自己清晰的标准。曾经有同学跟我说，他就想写小楷《灵飞经》。我说，这和吃饭只想吃最后吃饱的那一口差不多。

不要低估系统学习的难度和必要性，而且它的乐趣也恰恰就在于此。

有人问,在暄桐教室,为什么学书法要学四年甚至更久。因为我们会依次学习篆书、隶书、楷书、行书、草书,顺着书法史的发展,一步一步学过来。

写过的同学都能理解,篆书就是先学会中锋,写出合格的线条,像一个宝宝从爬到慢慢地能站起来。学到隶书,开始能蹲能跳,可以做不一样的动作。再到楷书,就像上学时,学习基本的规矩和修养。慢慢继续发展,有了自己的见解,自我更清晰,功夫也随之成熟的时候,就可以比较放松和自在地跑跑走走、看看停停,不必那么拘谨了,这就是行书。如果你的能耐不断长进,体力更好,精神更好,就可以去攀岩、去跳舞、去超越更多的局限,获得更大的自由和可能性,这就是草书。

古人认为,字和人是一体的,人由形、气、神三个层面构成,字也是如此。我们的临摹最开始求形似,慢慢地再去追求空间和气息流动上的相似,最后追求的是一种神采上的相似,都是这样一步一步走过来的。

所以"文墨可爱"中的"墨"是黑色的墨汁,也代表书法这个形式。这个形式在书法里是非常重要的,我们可以说书法是结构、点画、行气、章法,由点线面的形式构成。这个形式最终跟人是一体的,所以墨是一个载体,就像一辆车,打造得再漂亮,天天把它供在车库里,每天洗三次,终究还是需要一个开车的人、行进的轨迹,以及一个终点,这辆车才有意义。

筆墨是小舟

戊戌二月 林曦

中国古人是这样比喻的,虽然每条江里面的月亮都不同,但它们的来源只有一个,就是天上的那个月亮,水里的月亮与天上的月亮始终是一体的。

最终我们会发现,以墨写成字,而字为心迹,透过这面镜子,我们每天都在映照和认识自己,见证自己的成长。

可:可能性

当"墨"自然生长到"能跑能跳"的时候,你就会发现这种能力,其实是关于一种可能性。"文墨可爱"中的"可"字,就代表着"可能性"。

我觉得,可能性是一种创造力和连接的能力。

中国人讲的创造力,不是一种完全的无中生有,就像这一片树叶其实是去年脱落的那一片的新生。

经历了百年的西学东渐以后,我们对传统的文化和价值观缺乏信心,也缺乏对其本质的了解。我们常常会听到一种说法,说中国字画中,那些相同的程式和笔法是一种"抄袭",但这其实是对传统艺术的一种误解。比如,董其昌的字画上题着仿某某和某某,那其实是在学习前人的基础上,融汇并生长出自己的风格。还有暄桐教室里的同学,每一位都在写《颜勤礼碑》,但大家写的又都不一样——在中国的传统思想中,创新并不是一种绝对孤立的创造,每一代人的创造,在历经淘洗和沉淀之后成为我们的传统，我们立于其中，学习、攀爬、汲取养分，然后再在上面长出自己的那一份，这便是一种"生长性创新"，是一种不断生长、衍生的能力。

这样的创造力带来了各种可能性，但它实际上建立在耐力和定力的前提下。

耐力更偏重于时间的长度，而定力更偏重于质量的完满。我觉得这就是世界的妙处，也是一个完满的模型：我们在憧憬自由、憧憬可能性、憧憬创造力的同时，也需要具备超长的耐力和稳定的定力去成就它。所以，大家不要只看到很多艺术家"不羁"的外表，我认识的每一位有成就的艺术家或创作者都心思缜密且非常自律，否则无法支撑与自己较劲的漫长的一生。

齐白石先生讲过一句话，"世间事，贵痛快"，很多人都喜欢。我小时候第一次看齐白石传记的时候，也觉得这一句击中心灵。一个有更多可能性的人，余地更大，所以齐白石先生才能放下得那么痛快，没有纠缠，优雅而洒脱。

但仔细一想，这个痛快是怎么来的呢？痛快不是白来的，痛快是从非常稳定的训练里获得的一种能力。齐白石先生在漫长的岁月间，如老牛耕耘般勤奋不辍，才令他真正得以感悟"痛快"，感悟它的珍贵不易。

所以当我们说"可"字代表着可能性的时候，其实是在说一种达成：有了自律精进、扎实功夫的支撑，我们的选择和可能性最终才得以发生。

爱：情的圆满

谈到可能性的时候，容易有一个误区。很多专业能力特别强的人，会倾向于逞能，炫耀自己的能力，与人一较高下。这个时候就应该思考一下最后一个字——"爱"。

在佛学语境中，所有生命统称为有情众生，我们都是因为"情"字来到这个世界的，情就代表了一种依存性。

举个例子，暄桐教室是什么？暄桐教室是林曦吗？当然不是。是同学吗？也不是。是每一次上课时吃的点心吗？不是。是每次布置的作业吗？好像也不是。这一切加起来，这种共同的依存让我们有了一个概念，汇集成"暄桐教室"。

每一个人其实都活在这种巨大的依存当中。

过去几十年，主流社会观念强调的是一种绝对的自立，而忽略了依存性，人们看到的总是自身这一亩三分地，一切都变得非常局促，貌似只有一条路。为什么一个女生当了妈妈之后，心会变得更加柔软、包容，便是因为她在孩子身上体验到了自我与他者的联结。

我们与自然、传统之间，就是这样一种依存的关系。

如果你能意识到这种依存，意识到一切事物只是因缘相生中的一个个局部，局部要依赖整体而存在，就不会执着于争得眼前这一时一刻，甚至会慢慢学会退让。

有一个字谜，谜面是"山在虚无缥缈中"，打一个字。字谜的答案是"四"——把"四"字中间的空挖出来，就是一个"山"字。这是一个做减法的思路，也是书法的思路。

艺术家黄宾虹先生曾传给他的学生林散之关于书法的四字箴言——计白当黑，意思是：在书法上，黑与白的空间永远是消长共生的关系。生活也是如此。"人间万事塞翁马，只生欢喜不生愁"，"得"的后面永远有"失"，"失"的后面永远有"得"。眼光放远一点看人生，会发现得失不是绝对的。

为什么早先那些文人都善于退一步，就是因为虽然退了那一步，但在一种更长远、更完满的此消彼长的关系里面，他们有自己的所得和安然。

当人们不遗余力地释放自己那一股自毁的倾向和力气的时候，往往是因为看不到更远的未来。他们的世界里没有更远的时空、其他的可能，因而不愿意耐住性子，去走一条更长远的路，去稳定地付出，那么此时此刻便是一夫当关，定要锱铢必较地争出个高下才肯罢休了。

人性原本既不是善的，也不是恶的，人性是圆满的。如果我们关注在自我圆满的情的升起上，就不会被伤害，而且当人性的恶展现在面前的时候，我们也会知道那不是唯一的存在，在它之外还有仁善。但如果全部精力都关注在爱投射出去之后的得失上，产生占有、恐惧和操纵的倾向，这些人性的恶就随之而生了。

愿意退那一步，就是情。

有这样品质的人，会可爱。

我们就好像一幅字

我们每个人都写过几笔毛笔字，比如小时候每到放假，老师都会布置作业写大字。而当你看到一幅书法作品时，可能看不懂技术，但还能辨识文字。书法的门槛看似非常低，有人觉得，只要我认识汉字，书法对我来说没有什么本质的困难，于是书法中蕴含的许多东西便被消解了。

这是书法比较尴尬的一点，但也是我们的文化最包容的一点，它的门槛不高。很多人觉得，如果想安安静静为自己打造一方安放自我的空间，书法是个不错的选择：它非常简单，有一张纸、一块毛毡、一支笔、一点墨汁，就可以写起来了。

对于我来说，书法是什么？我觉得有两件事情比较明晰。

第一，它是一个尺度。

就像你家门口有一棵树，小的时候，它和你差不多高，等你长大了，它也长高了，你就会意识到这段时间里的变化。每一年，如果每三个月都临一遍《兰亭集序》，那么十年之后，从字到人，都会发生巨大的变化。

第二，它是一个立足点。

我们都会觉得，我们继承来的传统是宝贵的，但我们跟古人是怎样的关系呢？如果仅仅是抱着古人大腿说："你帮帮我吧。"古人为什么要帮你？想要从传统中汲取营养也无从谈起。古人需要的是朋友。如果你没有"我见青山多妩媚，料青山见我应如是"的态度，他们其实是不太爱带着你玩的。我们要跟古人有一个共同爱好，作为立足点去跟古人交流。古代的文人最爱也最日常的一件事就是写字了。

关于文人为什么那么爱书法，我有一个自己的解释——书法其实是一个关于世界构成和规律的思维模型。在写书法的过程中，当你的毛笔落到纸上，写下一个黑点的时候，整个书法的空间就发生了变化，就像下围棋，第一个棋子落下去，某种程度上已经决定了整体。但它又一直在不断地生发，黑与白的空间不断地变化挤压，这就是"一生二，二生三，三生万物"的奥妙。

当你真的沉浸其中的时候，会发现最开始只能把一个笔画写好，就像你最开始能把一件事情做好；渐渐能把一个字写好，就像能把一类工作做好；能把两个字写好，就像能把两个人的关系处理得比较舒服；再逐步能把一行字写好——古人说一行字如担夫过独木桥，就是两个人挑着担子过独木桥，必须有礼让，必须有人进、有人退——你能把这个摆舒服的时候，就像生活中也能把一群人的关系摆舒服；最后到篇章，你会发现不存在单个的、脱离了整个篇章的所谓的好字。真正的一篇好字，比如我们说的三大行书，《兰亭序》《祭侄文稿》和《寒食帖》都是从文的内容到墨的技法，从单字到整篇，是整体的精彩，就像人生是一个整体，从局部到整体、从过去到现在、从内部到外部，都是相互关联、影响的。

所以在书法中，文人理解这个世界的构成图式，就像一张寻宝图或者一个棋局，所有抽象的奥妙全都在这张纸上。你的墨退一点，白的空间就大一点，那些留白比较大的字、画，会看着更舒心，更有仙风道骨，那是因为它的空间留得大。

当人能够意识到审美取决于留有多少空间的时候，做人做事就不会做得那么尽，给自己、给别人留有一个审美的余地。

道德的余地和审美的余地是不一样的，我们普遍被教育要留有道德的余地。但我觉得，人生要优雅，这和美有关。道德的余地可能需要人在一些时候咽下一口气，审美的余地则是你可以欣赏它，欣赏这一刻的画面。

情急之时，有些难听的话觉得说了才不吃亏，此时不妨忍一忍，给彼此留一个余地。有些难看的争议，也让一让。空间大一点，整个画面便会美一些。要知道除了深深入戏，我们还有一种角度参与生活，便是退远一些，去观看、欣赏。

我想，其中种种的层次，正是所有的文人都愿意每天写一写字、摆一摆黑与白的关系的原因。他们所做的，就是演练其中的进退消长，演练一切的进退、动静、黑白间的平衡。

不同的人、事、物，不同元素，所有一切组合在一起，成了我们的世界，而万物得以衍生，靠的就是这一点点微妙的平衡。

书法既是低门槛的，也是最能代表中国文化的一个符号和样本，因为它确实蕴含了我们祖先对于象、数、理三者之间不断显现和退藏的微妙变化的思考。所以说，书法是一把钥匙，可以为我们开启传统文化和智慧的大门。

推荐两本书

这里推荐给大家的两本书，是暄桐教室入学第一年大家的必读书。这两本书之间也是一个体与用的关系。

第一本是徐复观先生的《中国艺术精神》，里面谈到中国的艺术是"为人生而艺术"，艺术是一种方法、一种工具，而不是一个目的，它是来源于生活又表达生活的。

第二本是雷德侯教授的《万物》，雷教授在这本书里讲的是中国人对创造力的理解。过去，工业不发达的时候，中国人创造了大量艺术品，这本书讲的便是中国人基于模建的方法而练就的一种模仿万物衍生原理的创造力。

笔记提要：
1. 作业是实证的功夫，光学不做，没有意义。
2. 重视学习的系统性和难度，会真正令人受益，也是乐趣所在。
3. 进步的前提是耐力和定力。
4. 知道局部是整体的一部分，我们活在一个相互依存的世界减少对立的心，也不执着于眼前一时的得失。

小欣赏：

- 微信扫描二维码，听一首歌——《笔墨是小舟》，它是暄桐教室的校歌，歌词试着阐释写字和人生所共有的进程与状态。

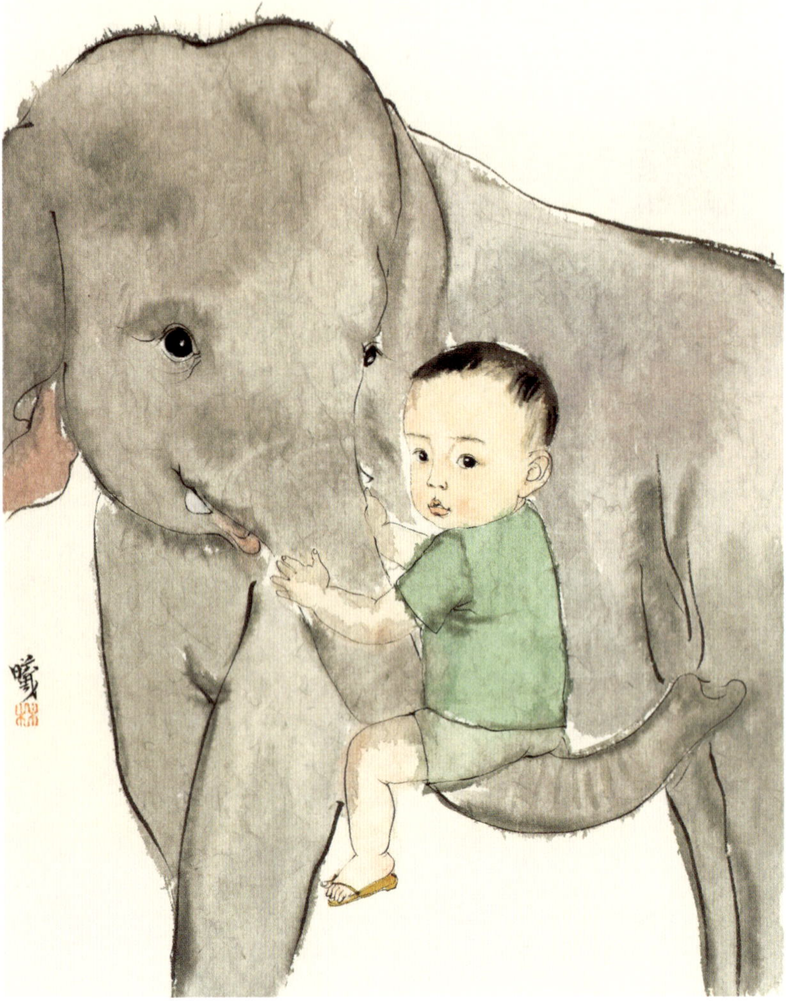

看海棠的闲情逸致

用游戏的态度生活和做事,心便不会太累

美好与忙或闲无关

中国古代的文人提出过这样一个概念——闲情逸致。他们中很多人的主业其实是做官,有着齐家、治国、平天下的理想,背负着非常重的任务,可能比我们今天的职场人有着更强的使命感、责任感和更重的负担。正因为如此,他们提出来的闲情逸致,才对我们当下的生活更有启发和帮助。

常常有人说,很羡慕我每天琴棋书画诗酒茶的生活,能把爱好变成日常。我平时的生活有很大比例处于繁忙中,也要面对各种各样琐碎的事务,但可能是因为自己是个画画写字的手艺人,内心有很安定的着落和专注之处,所以常常是手和眼睛都忙着,但心里是清闲的。现代人的一个问题就是太忙,有时候尽管身手停下来,尝试通过健身和其他方法去休息和释放,但心和脑子还是很容易累,一直在想事情,一刻也不能停。

苏轼用诗记录过一个画面:"东风袅袅泛崇光,香雾空蒙月转廊。只恐夜深花睡去,故烧高烛照红妆。"古人知道,美好都是很短暂的,所以,如果海棠花在夜间开了,就会当作一件重要的事,即便它年年开放,也害怕此刻的错过,夜里会拿着蜡烛去欣赏。

我想,这份兴致与日常是不是有很多事要做没有必然的关系,也就是说,心里的闲与手上的忙并不对立。

我见过一些人,其中不乏事业成功人士,他们已经可以退休,看起来很闲,同时好像也完全失去了对生活的好奇和胃口,没有动力去尝试新鲜事物,觉得生活没有意思。有时请对方吃顿美食,他们的第一反应是"怎么这么远""太费功夫了"。

我也见过很多人,承担着繁重的事务,却有着自己的秩序和节奏,并且对生活充满热情,很有些"秉烛夜游"的劲头。

这是很不一样的状态。当你的心可以闲下来,就有了更多的空间去接纳美好,这让人活得有兴致,会很有精神地去实现自己的愿望,享受生活。

"捷径":一门手艺

心怎样能够闲下来呢?

我想,掌握一门手艺是最快的"捷径"。当你和一门手艺很亲近时,对人际关系的依赖、对组织生活的依赖也会相应变小。

手艺的好处是给人留下时间和空间，让人和自己好好相处。

我们用了太多时间去和他人交流，白天和同事、朋友在一起，晚上通过社交媒体，继续和许多人在一起，跟自己待在一起的时间却非常少。一个人和自己相处得越好，快乐指数越高，心情也会更加稳定，因为你的开心在自己这里，而不在他人身上，这种开心是完全由自己说了算的。

一门手艺长在你的手上，和你完全同在，这是关键。

因此，我给很多人的建议是：哪怕很忙，也要去找一门真正喜欢的手艺学起来，并且要去挑战困难——越难，成就感越高，专注力越强，不要选择刚刚好、马上就能做、就能会的。

大多数时候，大家会清楚区分专业和业余的标准，对自己倾向于宽容，觉得自己从来没练过，做到这样就行了。这往往就是不开心的源头，一开始就采取了自我放弃的态度，或把注意力过度集中在对结果的贪求上。

其实，如果将所有人按照天赋的高低划分层级，那不同的人群最终会成橄榄形分布——最聪明和最不聪明的在两头，都非常稀少，我们大多处在橄榄的中间部分，天赋都差不多，只要付出相应的努力，扎实地一步步学习，任何手艺，经过一年、两年、三年的时间，都会有巨大的惊喜。

不论是否有很忙的工作，都可以试着安排起来，时间是有弹性的。比如，从每天半小时到一小时开始，到了周末可以投入更多的时间，去做一个手忙心闲的手艺人，相信大家一定会感受到真切的快乐。

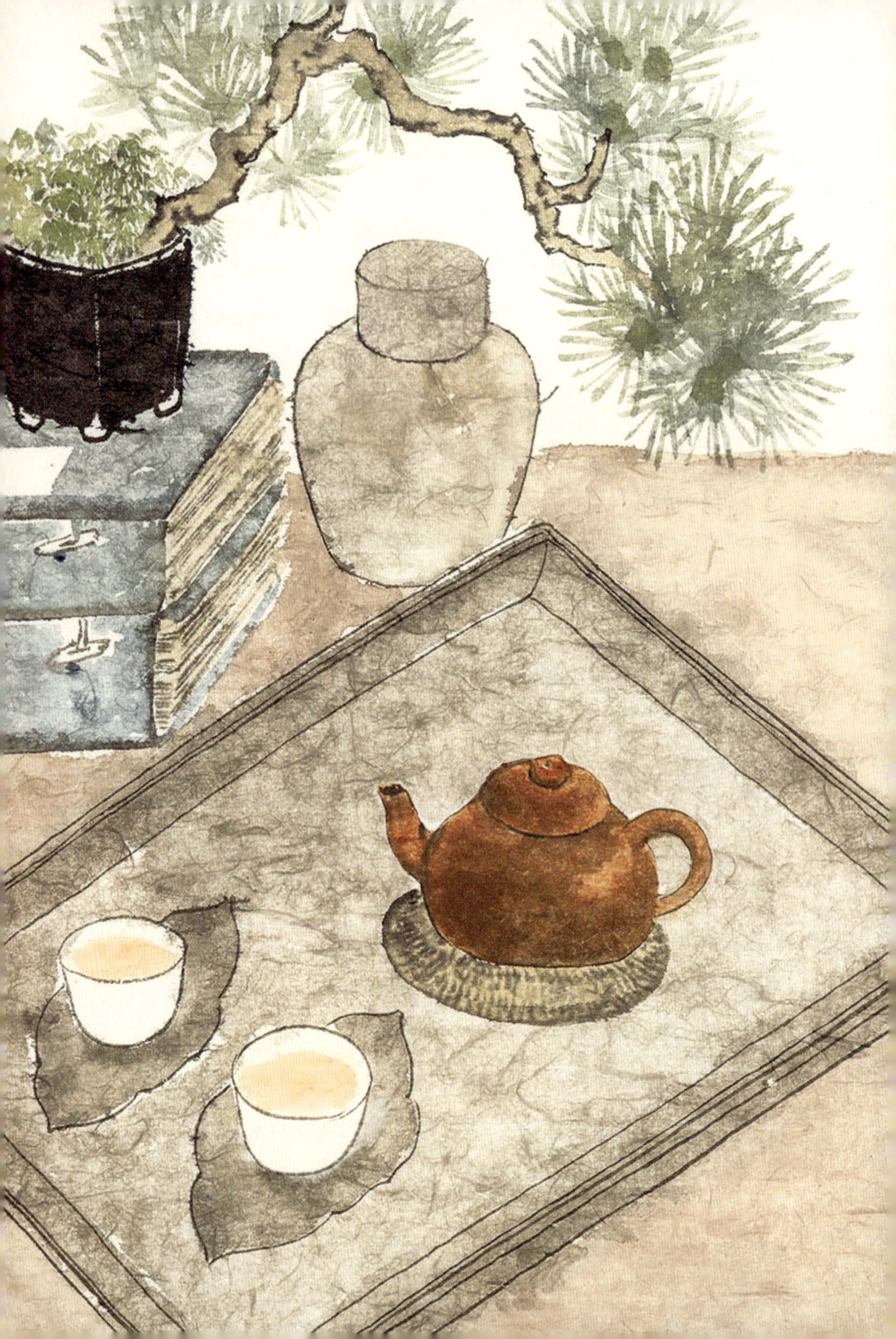

游戏的态度

有一个问题，我经常被问到，"我不知道自己喜欢什么，你能告诉我学什么吗？"

相对于80年代及之后出生的人群，这种情况在70年代以及这之前出生的人群中更突出一些。大概是因为社会环境和父母从小就在传递一个道理，就像上面提到的：人都是差不多的，一份工作只要努力，都能做好。但我想，这里说的"差不多"，应该是指人的容纳量和能力差不多，并不是每一个人的喜好和人生方向差不多。

我小时候也经常听到，不管什么课，经过努力都能学好。事实也确实是这样，只要比别人多一份努力，就有希望做到中上水平。但我发现，同一件事情之于每一个个体，感受是不一样的。有些事情虽然不辛苦，但是一天下来会有种心里很疲累的感觉；有些事情虽然辛苦，但只要去做就很开心，而且越难、越有挑战性就越开心。

每个人都有自己的特质，只是被社会和一些外在因素影响，忘了去看看自己的属性，在某种标准趋同的道路上越走越远。

和古人比起来，我们的生存条件好了很多，但为什么还会有那么多身心问题？可能就是因为我们走了违背自己特质的路，所以有些事情还没有做，只是想到就已经很累了，也可能是因为我们做事的方式有问题。

静下来想想，当我们想要做一件事情时，一般会怎么激励自己？

最主流的激励方式是强调责任感、使命感、重要性，拔高事情的意义，作为燃料，推动人往前走。

我们做的任何事情往往都会被提前告知重要性，从小到大，人生中有若干节点：期中考试、期末考试、找工作、找伴侣……每一件事都很重大，非比寻常，然后反向推动你打起精神来面对。于是，我们的人生就变成了解决一个个问题的过程，不断解决问题是大家常用的方式。

但这个方式在我这里特别不起作用，甚至会有反作用。因为那种反复强调的责任感与使命感让人很累，即使在容忍了一切不快乐的过程之后，得到了想要的结果，得到了大家的羡慕，也依然存在一些问题。

我小时候曾和妈妈说，有一些任务终于完成的时候，并没有想象中那么快乐，只是觉得终于轻松了，就像把肩膀上很重的担子卸了下来，只有轻松，没有快乐，但是吃到好吃的东西，比如吃到很好吃的巧克力，就会觉得很快乐。

这段对话没有继续，但我一直放在心里，也在不断思考着。后来看到《说文解字》上说："美，甘也"。的确，吃美了、喝美了、玩美了，就有一种很甜蜜的味道，我想，心里的感受也是同理，和舌头尝到甜的感觉是一样的。

以使命感为激励的驱动模式，很难让人体会到甜的感觉，任务完成之后只会让你轻松，有成就感和胜利感，但是不甜。往往是不经意间读到一本书、看了一部电影或是画好了一张画，心里会豁然开朗，突然觉得很美很甜。

后来等我再长大些，读到道家的书，尤其是庄子的"逍遥"思想时，终于发觉，人只有用游戏的心来做事和度过一生，才能获得那个逍遥、甘美的结果。

游戏是什么？就是玩吗？不是。

小孩玩游戏的时候特别认真，输了很伤心，赢了很开心；大家看好看的电影时，明明知道是假的，却还是很投入，跟着一起笑、一起哭。

为什么明明知道是假的，还会投入这么真的感情呢？

因为不会那么当真，不会紧张其中的得失，于是游戏的心态便带来了更充分的投入。假如游戏真的会有很严重的后果，比如看了世界末日的电影就真的有灾难来临，那我们大概都来不及哭，只能往外逃了，哪里还能去沉浸、享受？

我发现适合自己的做事状态就是"游戏"，也发现这是一种很好的做事态度和方法。由于是一场游戏，因而我们会更认真地投入，目标不是唯一吸引人的东西。遥远的想象很无趣也很空虚，并且所要抵达的那个目标和我们身在远处时所想的可能根本不一样。所以，值得在乎的不是那个结果，而是在这个过程中自己有没有成长，有没有成为更好的人，有没有比昨天更进一步。

这是另一种驱动模式，一旦以成长为中心去激励，每件事情会更容易做好，而且不累，比目标驱动有效得多。

把妄念去掉

我们成长的这些年,社会环境中那些"应该不计代价、不顾一切获得成功"的价值取向也愈加强烈了。做事情时许多人不再关心美誉度,而更看重吸睛度,并且对于快速成功充满了渴望。而当你为自己预设了各种底线时,就要比其他人活得辛苦些。

过去的十几年里,我观察过不同领域的人,以及不同社会圈子的热点:人们在其中起起落落,今天最红的人可能没多久就过气了,人们的容忍度越来越低,给予热点的关注时间越来越短,虽然今天的社交媒体拉近了人和热点的距离,但一条新闻从成为关注中心到消失湮没的过程更是异常迅速。

我的体会是:妄念终究会幻灭,那些不能跟紧你人生主线的终究会烟消云散,无论它看上去——尤其是在他人看来——有多么光鲜诱人。

小时候,看到长辈们谈事情和做计划,经常觉得好像得靠打鸡血才能做事情,先要把派头撑起来。现在,这种状态在一些地方依然很常见,在各个天使投资人聚集的咖啡馆,每一桌都在谈大事,让人清楚地感觉到一种迫切的欲望和"鸡血"的飞扬,好像今天开始做事,明天就要敲钟上市。这甚至不是简单的好强,而是一种奇怪的氛围,如果不画出一个宏愿,似乎就不能成就一件事情。

曾经听同事说起,有一年去拜访一位面料供应商,发现一位快九十岁的老先生穿着工人的蓝布工服,在各个架子上整理面料。同去的面料供应商们很受触动也很惭愧，因为很多人都觉得自己已经是行业翘楚了。

一件事情，如果你希望三年能做好，请给自己五年；需要五年做好的，给自己八年；需要八年做好的，给自己更长的时间……然后安心定神，频率调慢一点，只需要再等一等，多长一长，事情自然会给你方向和答案。

以目标为中心的驱动观念让人们非常重视机会。在互联网高速发展的时期，每天都能听到神话：某人抓住了一个机会，从此一飞冲天。但事实上，是你的机会永远是你的，你能做好一件事情，是因为你已经准备、成长得足够了，而不是机会让你成功。

小时候学弹古琴，老师和我说："你知道自己弹得很好，有好的老师，也有好的功底，但你弹琴就像没有耳朵一样。"后来我发现，当我带着耳朵去听琴音，把它放在心里的时候，弹得完全不一样了，之前琴很像工具，但现在我和它成了朋友。

就像带着耳朵听弹琴一样，如果能带着心去做事，每一步都尽力去除妄念，如实以待，每件事情就会呈现出它们的原貌。同样一件事情，当你秉持着手艺人的精神换一种态度去面对时，获得的个人成长更为显著。

有一部电影叫《惊天魔盗团》，讲四位魔术师被幕后人操纵去做一系列的事情。它的核心是你现在看到的魔术、那些让人惊叹的效果，可能是在二十年前就开始构思酝酿了。

事实上，我们今天看到的各种结果和呈现，可能花了比想象的还

當時共我賞花人

丙申二月茶花已放

曦

要长的时间去准备。所以，先踏实准备起来就好，去除妄念，进入具体的实践，而不是计较和思考。

事物有意义：像一簇火花

关于事物的意义，有两种视角，一种是对于他人的意义，一种是对于自我的意义。

我是完全依靠自我意义驱动的人，以前觉得自己很不会关心人，跟人有距离，哪怕心中满怀热情，也很难表达。上学的时候也是，一个人冲进图书馆，看完就走了，和同学的关系稍有距离。

所以，我会羡慕外向乐观、能和所有人打成一片的人，我自己也愿意和这样的朋友一起，但做不到。最近这些年，我才真正接受这个现实，觉得那就安然地待在这吧。

但这也并不是绝对的。几年前，我学习中医，跟诊的老师让我帮忙把脉、拔针、记录看病的过程。我突然发现，在那个时候，我能够真诚地关心一个在平时不会往来攀谈的人，更能认真地听他说昨天吃药后吐了几遍、几天洗一次澡……

在医师助手这个角色里，我发觉自己真的可以无限量地付出关注和爱心，给予那些本以为完全不能交流的人。这也是让我非常真诚地爱上了中医的原因之一。它启发了我内心中慈悲和善良的本性，让它们有了一个可能性和出口，也让我找到了更完整的自己，并且更有力量。

当老师也是这样。我性子偏急,容易没有耐心,在做暗桐教室前,我真的无法想象,同样一节课的内容我可以讲四遍。后来有位学生和我说,她去不同的班级听课,感觉我每一遍都讲得很开心、很生动,都像是初次说起。这是当老师后才被启发出来的,我发现自己可以很有耐心、很温和,能够容忍别人犯错误,也可以等他人一步步走过来,并且因此感觉非常开心。

我想,做事的意义就在于此,做自己适合做的,并且在看似有难度的事情中激发出自己隐藏的潜能。

要关心自己的角色里有什么,本性是什么,擅长做什么。换一个角度讲,也可以关心这个角色能带给自己什么,它是不是可以像一簇火花,照亮之前没有看到的东西,以及事物更有意义的那一面。

事物无意义:不把此刻当成工具

事物也有无意义的那一面。它常常是有意义和无意义共存的一种状态。

借事磨心、练手,找到那个更好的自己,便是有意义的部分。和每朵花、每片树叶的存在一样,我们生命的本质是生死的循环,总有生长,总会垂落,也可以说没有意义。

我更看重去做,不太关心是否有意义,并且会主动消解意义。因为没有什么比去做、去体验更能帮我们理解其中的真义,让泡沫散去，也就获得了进步。

我经常和同学说，要清楚地知道，比起打麻将、唱歌，写字画画并没有高雅很多，对待人生中的每一件事情，要发展出一种平等的态度，假若你觉得学习传统文化比文身、染头发更高级，那么我不太建议你来教室学习，因为如果发心不对，单纯的知识累积非但不能帮人获得快乐，还容易生出傲慢。

如果要定义有意义和无意义，那么事物有意义的那面会让人紧张、振奋，有压力，能带来驱动，也容易牵涉到手段和工具；事物无意义的那面，则可以让人像小朋友做游戏一样，投入得很放松，激发出创造力和轻盈的感觉，比如前面提到的苏轼担心错过海棠的美，夜里举着蜡烛前去观赏。

不管是在学习还是工作中，通过赋予意义去促使进步，总是有点沉重。但我们可以自我努力，转换出一种更轻盈的动力，让自己走到想去的地方。

有一本书名为"新世界"，其中有一句很重要的话：如果你不能和当下保持正面的关系，就不能和自我保持很正面的关系。它透露的信息是，如果把每一时刻都当成过渡到未来、换取未来价值的工具，并设立具体的目标——买车、买房或者再奋斗几年就退休，等等，那么人是很难充分享受人生的，无论是闲还是忙。

要把一切还给当下。

恋爱就是恋爱，不是为了结婚或某个目的，只是享受此刻彼此的爱与关心。美食就是美食，是好吃的食物，没有多余的象征意义。艺术也不是我们身上的某个标签,而是生活中一件让人开心、抒怀的事情。

要吸饱当下的营养,每一刻都是珍贵的,可以像金子一样闪闪发光。就像秉烛夜游的心情,年年岁岁花相似,那一点不同、一点闪光,是因为你在对自己的优化中拥有了一些"闲情逸致",于是可以在许多个寻常一刻里愉悦自己。

两个小建议

第一,如果你还没有找到特别合适的手艺去学习,可以尝试每天静坐十五分钟。暄桐教室的每堂课都会从静坐开始。就像蔡邕在《笔论》里讲的"沉密神采,如对至尊",聚拢散乱的思绪,众神归位后才开始写字。先安静下来,踏实地跟自己待在一起,和自己好好对话、沟通。

第二,每过一个月,给自己安排一个目标。听上去像回到小学、中学时代,其实不是这样。佛教的中心思想——"戒定慧"系统,便是由戒(自律)产生定力,由定力产生智慧。修养不是装出来的,很开心的时候有修养不叫有修养,每个人开心的时候态度都会很好,不开心或身处逆境时还能兼顾修养,才是真正有修养。有修养的美好品质,不见得无时无刻去持有,但是要给自己一段密集的时间去练习和达成,要印到心上,和自己合为一体。

自己定的目标，比如早起、练瑜伽、慢慢吃饭……可以做一张表格打印出来，一个月 30 个小格子，每天做到了就在对应的格子里打钩，一年下来就积累了进步，这个方法对我来说很有用，也希望能够帮助到你。

笔记提要：
1. 以一门手艺，养出向内的闲心。
2. 用游戏的心，去投入和享受。
3. 去除妄念，不要期待速成和超乎常理的好。
4. 在事情中，关心这个角色能带给自己什么。
5. 立定在当下，不把此刻当作换取未来的工具。

小功课：
- 检查自己正在或即将进行的一些事情，看看为它设置的周期或期待收获的日程，是否有一点着急了。

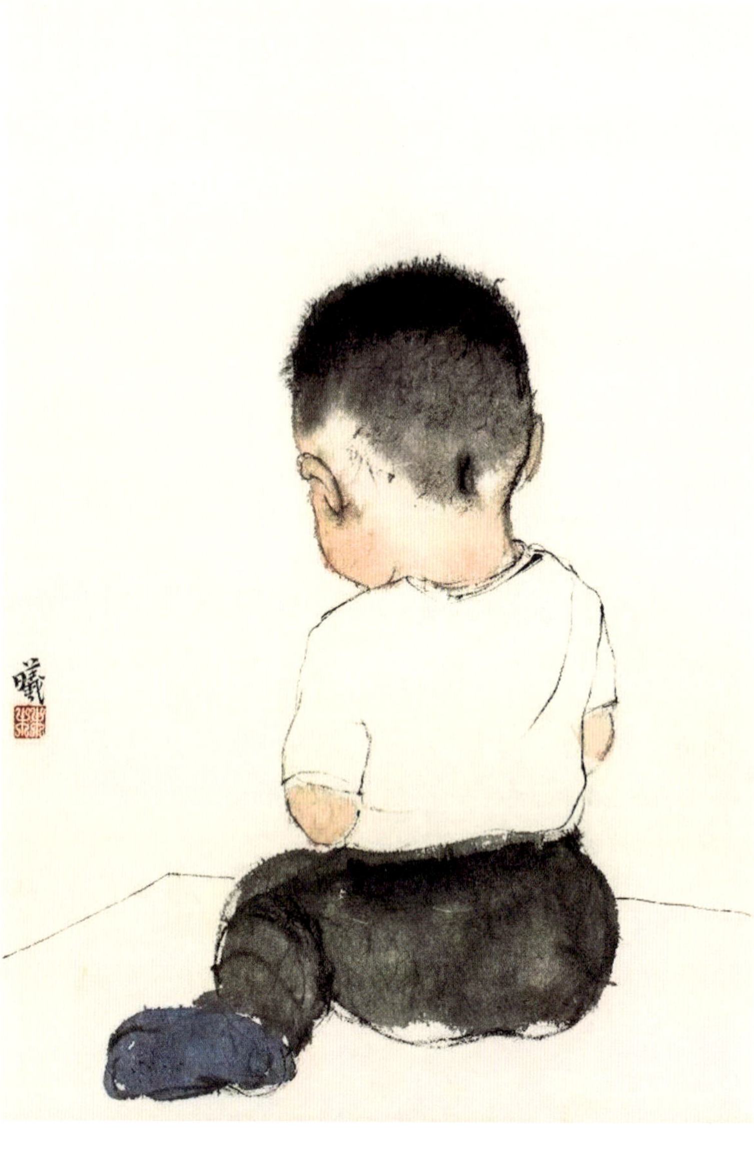
曦

手忙心闲

当心中有了余量,不必避开喧嚣,也是有闲之人

你会玩吗?

有一次,一位作家朋友说,人工智能发展得这么快,将来很多事都可以由机器代劳,人没那么有用了,我们还得活着,还有这么多的时间,该怎么办。

我想了想,也是。在这样的生活中,人需要会玩,但"会玩"其实没有我们想的那么容易。

相信很多职业人士都有这样的体会,平时总说很忙很累,想要闲一闲,自在玩耍,过自己的生活,但往往休息一个星期,就会浑身不自在。

当时间完全属于我们自己,当我们不再靠他人的认同来获取意义、肯定这段时间存在的价值时,如何过得充实而有意义就成了一件有点难的事情。

于是,我们可能会习惯性地跳回去,回到那些让我们劳累、不满

的事情和节奏中,让自己忙起来。因为忙起来的时候,我们就不会再去想这件事情了。

现在有一种很普遍的情况,当一个小朋友来到这个世界上,面前似乎就摆了一张很清晰的时间和任务清单:几岁上小学、几岁上中学、几岁上大学,上什么样的小学、上什么样的中学、上什么样的大学,以及之后要找什么样的工作,匹配什么样的女朋友或者男朋友,组成什么样的家庭,生什么样的小孩。然后,孩子的人生又照此再来一遍。

这几乎是现代人的标准模板。上个学,做点自己喜欢的事情,喜欢一个人,这些单纯自发的事情变成了标签。大家默默接受了一个认知,如果没有在执行某一个任务清单、没有贴上某个标签,便会焦虑和恐慌。

于是我们花了很多时间、精力和热情追求这些事情,但当这些东西真的来到手上时,却远不如我们期待的那般令人满足和快乐。那一刻,那种来自心灵深处的失望和沮丧,在某种程度上就是米兰·昆德拉所讲的"不能承受的生命之轻"。

我们能吃比想象中更多的苦,特别能忍,特别能扛,但积累到最后,却发现得到的东西与真的能安慰到自己的那些不一样,那一刻是蛮难承受的。

想一想,未来的世界会是怎样的?

当小朋友长大,成为一个会玩的人,懂艺术,有趣味,自己会发光发热,也可以滋养他人,作为这样一个存在,应该比单纯的履历光鲜，比如名校毕业或事业有成，来得更重要也更有价值。

中国古代的文人也面临着和我们一样的状况——读书，考取功名，然后去当官、做事，也是被规划好的一生。但他们发明了一整套充电系统和玩耍方式来滋养自己：进则有一块园地能够释放能量，退回来的时候，又有安然的闲心，有各种好玩的事情愉悦自己。

那么，我们是否能借用传统文人的智慧来引导自己，从中获得滋养和力量，帮助我们生活得更自在、更好玩呢？

"闲"是人生有选择——可以做，也可以不做

"闲"的状态，大家都非常向往。但我发现，大家对"闲"其实是有误解的，就是把"没有事"当作"闲"。比如，有人认为辞职不工作就可以闲了，但凡教室有同学来问我相关的问题，我大都会建议先等一等。

住到山里，穿着布袍子，簪一根簪子，只是一种象征性的画面。山里有很多蚊虫，你需要处理很多在城市里无法想象的困难，很快就会陷入狼狈，相比眼前那些熟悉的可以被解决的问题，这些未知的狼狈让人更难以招架。

真正的闲，是能量凝聚而充沛的，而非只是待在那里，没有活力与生机，也不是要舍弃现在的生活，改头换面，重新做人。

大家有时在网络上看到暄桐教室的照片，会看到很多美丽的花

朵、精致的点心，一群人在一起写字、读书、分享学习和生活。很多人喜欢，也有人说，自己现在还没有这样的时间或条件。

但实际情况是，我和教室的同学们都有自己的工作和生活的承担，并且非常忙碌，正因为这样的状态伴随着高强度的输出和消耗，所以需要找一件事情来滋养和平衡自己。于是，大家就要去思考自己充电的源头在哪里，怎么才能够有源源不断的能量支持，并获得一种内心真实的愉悦感，推动自己继续往前走。

这与"因为没事了，所以我要去写字，去风雅"，不是同一回事。所谓的忙与闲，没有先后顺序或是因果关系，而是同时存在于生活之中。

我们来看一看"闲"这个字，外面是一个"门"字，里面有一个"木"字，木代表栅栏，像一道围墙或者界限，有保护的意思。引申出来，就是你为自己划出的某种界限，外面是世界，里面是自己的空间。

在我看来，这个字代表着某种原则性的东西。世界上第一本教授静坐的书《童蒙止观》提到，闲是"不做众事"，翻译成现在的话就是"我可以不做那些事"。

"我可以不做那些事"便代表着"我可以做这些事"。人生有选择，我可以做，也可以不做，这个状态叫作"闲"。往深里说，便是因为有余量，所以从容，能够主动去决定、安排自己的人生，有所选择，而非不得不如此。

"有选择"这一点听上去难一些，每次谈到这个主题，总是有人说,我没得选,我是被动的,我的日程已经排满了……但另一方面我们也都对这样的故事不陌生:某人特别特别忙,突然有一天因为一些情况——有可能是生病了,有可能遇到了一些事——他从现有的生活中跳脱出来,开始进行深刻的自我反思,觉得原来生活这么珍贵美好,原来我也可以不只生活在忙碌中。

当我们不去主动选择的时候,终有一天会把自己置于绝对的被动境地,直到发生些什么,促使我们去思考。

但遗憾的是,这一刻往往发生在人生的最后一段时间,或是在已经付出了相当大的代价之后。再想到去选择,成本已经有点太高,改变的机会也很小了。

很多时候,我们会把这种"不选择"归咎于时代中各种各样的问题,可能是糟糕的天气,可能是食品安全,还有可能是父母、伴侣乃至任何人。我们在生活中找了无数替罪羊,然后归结为四个字——这不怪我。

事实上,我们真的谁都怪罪不了。我们独立来到这个世界上,也会一个人离开,我们需要主动选择和承担这一趟旅程,探索如何玩得开心,如何值回票价。虽然可以顺利地找到一万个"这不怪我"的借口,但这件事情也确实没有任何人可以帮你负责。

我们需要为自己规划起来,建立原则,建立那个栅栏,让它帮你在自己与外界之间划出一个界限,让自己有回身的余地,并且得到滋养。那些我们喜欢的事,那些能为我们带来滋养的事情,会让人无论多么忙都能量充沛,不必避开喧嚣忙碌,也能有"闲"。

1/3 模式

我周围很多三四十岁的朋友经常会说：等我退休了或等我怎样了，我就去怎样。

比如，每当谈到传统的智慧，尤其是"琴棋书画诗酒花"这样的文人传统时，大家通常会觉得特别美好，然后说，等自己退休了或者把手上的事情做完了，也想去过那样的生活。

但与其说"等"，把愿望交给并不具体也不可知的未来，不如就在这一刻，在你可以把握的时候先把人生中那些重要的事情慢慢地准备起来、做起来。

传统的时间分配方法是：人生的前 1/3 时间努力学习，中间的 1/3 努力工作，最后 1/3 的时间，人年纪大了，财务相对自由，小朋友也长大、离开了身边，此时才开始想，我该怎样好好生活。

这个方式是有风险的。尤其在中段，我们全力工作和承担人生责任的时候，会忘记给自己找一个充电的源头，而是虚造了一个"等我怎样，我就怎样"的假象。通常这件事情成功的时候，你会发现，它也仅仅是一个过程，那个结果没有想象的那么耀眼，也无法持久地作为精神上的支撑，让我们保持动力，继续努力下去。

我们向外追求功名、追求成就，应当努力，但也要清楚：到了这个段位，会看到还有人在更高的段位上；财富的追求达到极限的时候，会发现还有权力在向你招手。

这是一条没有尽头的路。你最终要回到内心，让自己的内在世界

嘗嘗雪的味道 己亥十月 林曦

获得平衡，才会有基本的安定，否则拥有再多的外在之物，最终也是匮乏的。

大多数时候，我们很忙，但实际上做了很多无用功。生活中那些真正对人生、灵魂、愉悦感起着重大作用的事情，我们并没有分配很多时间给它们。我们把太多的时间花在了别人告诉我们重要的事情上面，但别人并不会为我们负责。

我们不如换个角度，把分配一生时间的"1/3-1/3-1/3 模式"改一改，每年用 1/3 的时间工作、1/3 学习、1/3 认真生活。再细分一下，一个月、一天，也可以按照这样的逻辑度过。这是一种比较保险的方式，因为谁也不知道明天会发生什么事情。

不要给自己画一个大饼，编一个故事，把快乐放在一个遥远的地方，然后把此刻作为代价去换取未来的快乐——在这样的语境中，我们并不知道那一天会在什么时候到来或者它是否会到来，而我们自己也不见得真的忙成了我们以为的那样。

此刻就活得满足，是最重要的事情。

不作为：云在青天

谈到闲与忙的时候，我会想到唐代思想家李翱的一句诗——"云在青天水在瓶"。

当我们仰望天空，看到云彩飘过，首先意识到的往往都是云在移动的前景，很少把目光投向天空。那些云就像一件事情情节性的、变幻无常的发展，我们总是先被它们吸引，而天空就像情节后面的底色，我们常常会忽略。

比如，忙碌了一天完成了所有工作，回到家里，既没有开电视，也没有开灯，坐在椅子上，突然感觉心里空荡荡的，有些不知所措。这种状态就是我们的底色，云会流经也会散去的那个青天。

理想中，我们坐下去的那一刻，应该觉得安逸、满足。但为什么常常不是这样呢？这是一个值得探讨的话题。

"忙"这件事我们都可以理解，让自己忙起来也是现代人的求生之道，一方面是为了谋生，另一方面也可以看作一种回避的方式，当你不想面对一些未解决的问题时，就先投奔外在的、能够分散注意力的一切。所以，坐下来，不看手机，不干别的事情，只是安安静静地聆听，或者是专注于一件事情，变得异常困难。

我们已经习惯了做更多的事情。发现问题的第一反应是"我要做点什么"，身体出了状况就想"我要吃点什么"。你会发现，越是在世俗意义上优秀的人，越容易自卑，自我存在感也越低，因而越需要做更多的事情来证明自己的存在。

但是面对人生中那些大的课题，比如生老病死，那些非情节性的、本质的存在，面对我们作为生命来到这个世界上就已经注定的某些底层的东西，其实我们要做的是"闲"——一种不必过于干涉控制，甚至仅仅只是"存在"就足够了的态度。

站在原点，深呼吸，接受这一切并且享受它们。所有的一切，无论好坏,都是一次性的,不会再来。这个"不做"的层面很容易被我们忽略或轻视。

在老子的智慧里,我们需要向婴孩去学习一些东西,无知无欲,柔弱放松,臣服、顺应自然。

一个小婴儿不用做任何事情,即使还在哭闹,我们也会很喜欢他,心甘情愿地为他付出一切。但当他逐渐长大,我们会慢慢地代以一套被社会教育出来的交易模式:你只有做了这样的事情,才会得到相应的待遇,如果不这样,就会失去一些东西——这套模式是有效的,也是功利的,最终我们深深地沉迷其中,习惯了交易。然而,这个模式既能载舟,也能覆舟,在那些仅仅用爱就可以搞定一切的关系里,如果你还在习惯性地交易,就会搞砸很多事情。

很多人喜欢展现自己有多忙、有多苦、有多累,好像只有这样才显得努力了,才有价值,这往往是一种蛮力和拙力,而不是用智慧和巧力应对问题的状态。

每个时代都有自己的迷思。中国人的传统讲究"贵闲",贵轻盈。除了获得,我们也需要放下一些什么。

云和天之间,有一个相互映照的关系;忙和闲之间,也需要有合适的比例,就如古人所讲:"春有百花秋有月,夏有凉风冬有雪,若无闲事挂心头,便是人间好时节。"我们需要有这样的心态,看得到云,也看得到天,然后有选择地去做一些事,知道什么时候奋进,什么时候可以不必作为。

难一点,久一点

我们今天的很多困惑来自于升级了一切。我们住了更好的房子,坐了更好的车,各种各样的科技为我们所用,但是我们好像没有变得更开心。相反,你会发现这个社会的戾气和焦虑,甚至比十年、二十年前更重了些。

现在的人总是处于一种高耗能的状态中。中医里讲的"风寒暑湿燥火"这些外在消耗,在如今的生活中已经很少了,真正带来消耗的是我们的情绪。我们升级了一切,但没有升级自己的心力。每天都在已知与未知、开心与焦虑甚至沮丧之间进出,每一次情绪投入都是巨大的消耗。

只有达成专注与自律并消融内在和外界的对立,将能量内收、凝聚到自己身上,人才会得到心灵的自在和安闲。掌握一门手艺便是获得这种状态的有效方式。

可能有人会问,比如跑步或者爬山是不是也可以?就专注而言,我觉得各类事情都是类似的,比如喜欢化妆,喜欢做菜,都是一门技艺,只要专精下去,都会得到一种忘我而身心合一的快乐。

《庄子》里有很多故事在说这一点,比如解牛、做车轮、游泳,庄子提出了一条道路,便是由技艺进入到一种有定力的状态,"定"能生"慧",有了"定",我们才会有所谓"云在青天水在瓶"的觉察、游刃有余的自信,以及选择的能力。

看报表是不是一门手艺?也是。但由于看报表通常是日常公务,且往往与功利目的联系在一起，因此缺乏差异性，不那么容易帮助人扯脱出来，而艺术和技艺则直接与人的创造力和心灵相关。一门与艺术相关的技艺，会更容易帮人达到修心的目的。

当你专注于一门技艺时，便会发现，对凝聚注意力起效的是难度。技艺的难度会迫使人调伏身心，去止住那些奔涌的念头，收回被外界过度抓取的注意力，停止焦虑。只有这样，人才能慢慢地真正安静下来，找到类似坐禅或是瑜伽冥想的一种稳定状态，开始真正的休息，为自己蓄能。

就像写字这件事情，好像大家都会，小时候都写过，但实际上，决定学书法和决定学钢琴没有太大的差别。只要是一种艺术门类，就具备系统性的难度。现在大家都倾向寻找捷径，习惯于"一个月学会如何如何"的叙事体系，希望用偷懒的方式快速得到收获，但刻意牺牲技艺的难度，以速成为目的，最终只会产生很多误导，无法真正理解这门技艺。太容易获得的收获，容易让人觉得无趣，无法持久地坚持下去，这样也就消解了这件事情最重要的效用。

不要舍近求远，也不要给自己勾画不切实际的梦想，那样带来的只有幻灭。

随着难度的提升，我们自己会有所成长，取得进步，成就感也便因此而来。在中国哲学体系指导下的不同艺术形式，背后的道理是相通的，有一门真的通达了，想要学其他的，便可以举一反三，很容易打通。

如果想要找一件事情来学习，建议大家不要去挑那些三个月，其至一个周末就能拿出成果（来炫耀）的。不管是自己，还是为小朋友做选择，都是如此。当时会觉得满足，但不可持续，终究是一件败胃口的事情。

如果要判断学习一门技艺对我们来说有没有真的助益，有一个很简单的方法，便是看一看自己有没有因此变得越来越开朗、越来越可爱、越来越好相处且从容随和，那个"闲"的存在有没有使你的生命变得更充盈。

此外，还有一个前提，便是不要抱着功利的目的学习。

习惯性地带着比较心和好胜心，往往会在学习了一点新东西之后带来更多的骄傲与挑剔，那些知识的积累会变成我们为自己制造的一层厚厚的壳，而我们要努力做的正是打破它，看到那个柔和放松的自己。

如果可以扯脱一点，以更长远的时间的角度看问题，或者在空间的角度上站得高一点，便会明白我们只是处于一个局部中。比如，此刻眼前的焦虑如果放在十年后再看，是否还是天大的事情？再比如，世界很大，在我们北半球，六、七、八月是夏天，而南半球此时是冬天。有了这样的视角和维度，知道厚积薄发的必要性，也知道差异性是世界的本质，我们便不会那么急，能够更从容地看待一切。

面对这样的当下，简单的抱怨和批评没有意义，如果理解了这一点，我们便不会再想把时间花在展示自己、求得认同，以及试图转变他人的态度上。因为我们唯一能做且有用的事情，就是对自己好一点，让节奏慢一些。

会死的，无法改变的，一直在改变的

我们的时间和精力很有限，要记得关注能量消耗在哪里，尽量避免浪费精力，为此有三件事要记得。

一、人是会死的

我们大多数时候都忘记了这一点。

我们习惯于逃避"死亡"这件事情，但生命有尽头也是美好的。我非常喜欢《海上钢琴师》这部电影，主角 1900 说，我可以在有限的钢琴键中创造出无限的旋律，但我无法在无限的城市中、无尽的街道间找到属于我的空间。

正因为清楚地知道人生有限，无法预知未来如何，所以此刻变得异常珍贵，让我们不会用一万个"这不怪我"的理由去逃避承担自己的此刻。

二、人是不可能被改变的

我们花了太多时间去改变他人。事实上，每个人作为独立的生命来到这个世界上，很多东西是注定的，比如性格、才能、禀赋。我们唯一能做的，便是给这粒种子提供好的土壤，让它长成它自己，而不是把它变成你希望的样子。

尤其是对亲人，我们花了太多时间去改变他们，想让他们赞同我们认为对的那些事情，由此产生的问题便是烦恼的来源。每个人有不

依舊笑春風 壬寅林曦

小暄山

同的特质，每一代人有每一代人的价值体系和观念，如果可以放弃控制与改变，彼此欣赏，便可以节约很多的能量，也能过得更开心。

三、一切都在变化当中

当我们耗费很多力气去改变一些东西的时候，不管是改变他人还是改变自己，我们判断的立足点，往往是先入为主的已有经验。但是经验和事情是在不断变化的。当你完全敞开心扉去接纳所有的变化，而不是企图留下一些什么，我们生命的节奏便可以跟着万物的演进一起往前推展，而不是固守在我们的有限中。

早前，在我们离开用了六年的教室、搬进新的教室时，很多同学都在群里表达着对教室的不舍，组织大家回去拍照留念，做了很多事。在课上，我和大家说，那个地方最初是我的工作室，是我工作了十年的空间，离开的时候锁上门就走了。

真的好好对待了，是不怕分离的。

为什么我们对过去会有那么多不舍，其实是因为没有好好对待，留存下了太多的后悔，所有心中未被释放的能量在离开的时候开始慢慢地释放出来。

看很多优秀的舞蹈演员、钢琴家、画家的作品，会发现其中的情绪、力量饱满而没有冗余，一切刚好。我们可以从中获得很多信息和美的享受，便是因为他们用尽了那一刻，把所有的能量都在原地彻底释放了。

因为用尽了当下，于是没有惋惜、懊悔和多余的不舍。就像解牛的庖丁，结束后提刀而立、四顾，有一种安定。

现在，很多人会怀念八九十年代，怀念只要不是现在的每一天，这其实也是在逃避今天。因为没有充分地把今天用到极致，那些多余的能量最后就变成了情绪，变成你的无聊、焦虑、低落、想象和缠磨不尽。

回头看看，人生中那些我们认为特别重大的时刻好像也没有想象的那样光彩耀眼，反而是当时不那么在意的一些细节，会不时在脑中出现，让人觉得真好。

一个时刻所富含的价值，可能和我们当时功利的判断是不一样的。在功利的态度中，投射的都是目的，而目的会限制住可能性，如果只带着目的去看待每一刻，其他的便会变得不重要。负重而行，眼里只得一处，当生命展现给我们完全不一样的可能性时，我们便看不到。而时过境迁之后，若还在渴望保持已经过去的某些东西，便是对自己的禁锢。

如果知道一切都在变化之中，也喜欢变化，从而投入其中，随之而动，人生的每一天便都是清新的，没有那么多沉重之物，也没有那么多焦灼与失落。

跟随着变化，在每一刻尽力，将一切都看作学习的机会。抱有这样的态度，会比较容易过得轻松。当日后对人生里展开的这些情节进行梳理和回顾的时候，也会有崭新的角度。

手忙心闲

对我来说,西方的文明和进步代表着一种向外的力量,一种现代的智慧和技巧,而中国或是说东方的智慧则是一种向内的力量,当这两股力量汇集的时候,我们才会活得比较平衡。

就好像闲与忙并非完全对立,而是统一的一体。手忙心闲,不是要消极避世去山里隐居,而是在每一刻尽心尽力,心中有着能量的蓄积与新生,有一个可以让自己享受、休憩的空间。

这也是中国传统智慧中很核心的一点——消除简单的二元对立。二元对立是一种绝对的二分法,好与坏、对与错有此无彼。我们要习惯从二分法过渡到三分法,找到中国传统中所说的那一条"中道",一种不用消灭什么来换取新生的两极之间的平衡。

老子说,"祸兮,福之所倚;福兮,祸之所伏",一切事物、一切对立,都处在不断转化、统一的过程中。当我们可以用绽放和展开的态度面对生活,面对每一天的境遇,便会有一种打怪升级的快乐。那些在技艺中得到的能量也会充分投入到每一天打怪升级的快乐游戏当中。

我觉得,这是一个很美好的生活状态。

笔记提要:

1. 会玩是人生中一件重要的事情。

2. "闲"是一种能量凝聚，是有选择的状态。

3. 该做的事不要等，要在此刻就活得满足而充分。

4. 有时候，不妨停下来体会一下，是否有些时候，我们是不用做什么的。

5. 记得人是会死的（好好承担自己的此刻）、他人难以改变（把能量收回来），以及一切都在变化当中（投入生活，好好对待每一刻）。

小功课：

- 把一直想做但因为各种理由而搁置的事情写下来，认真感受，然后将最真心向往的那件，安排进自己的计划中。

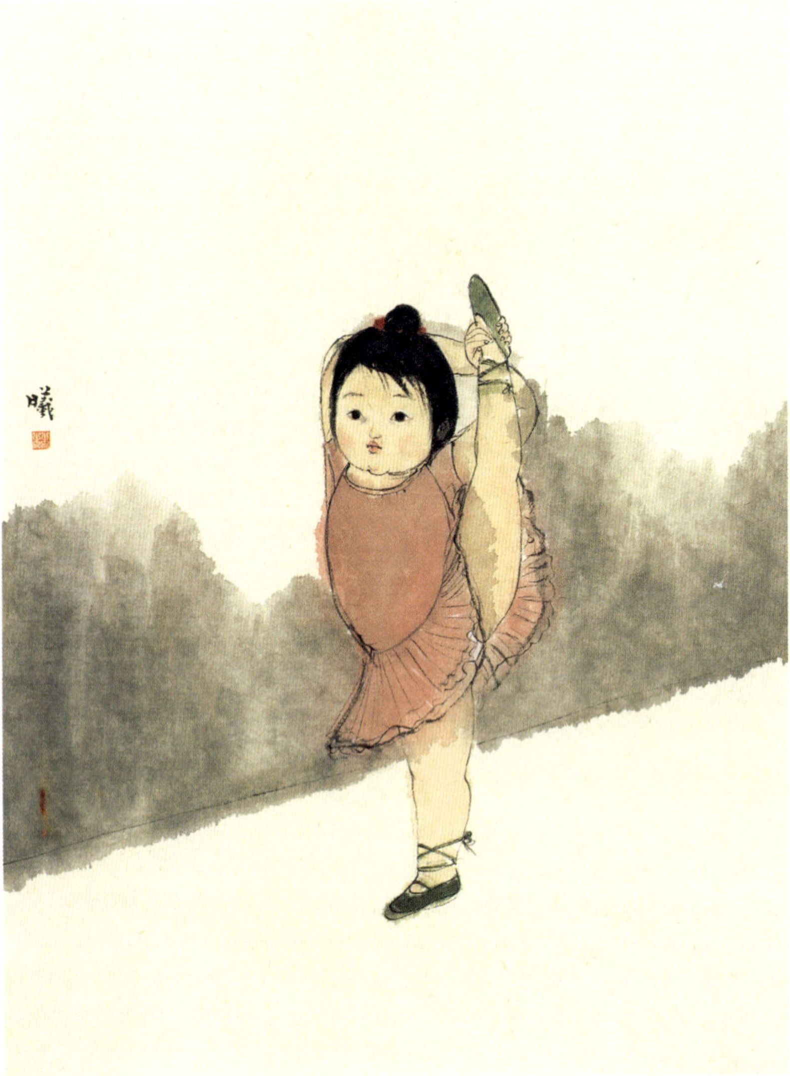
曦

功夫与才艺

才艺需要外界的反馈，功夫通往内在境界和生活质量的提升

不需写字的当下，更适合享受书法

从小就常听长辈说"字是敲门砖"。在过去，没有可以穿越千山万水的网络，一个人的教养、学识，往往就映现在落笔之间，在你写下的那几个字中一览无余。

在唐代，遴选官员要考察身、言、书、判四个方面，考卷上的字迹是一个非常重要的评分标准。人们称字迹为"千里面目"，意为一种内在修养的显现和传递。现在，我们在日常生活中已经不需要写字，这让更多的人放下了毛笔，但我觉得，练习书法对于当下的我们而言，有着更深切的好处。

一方面，因为功能性的削弱，书法的艺术性变得更加纯粹。另一方面，当我们不再需要用字迹来展现自己的教养和才华时，反而能更单纯地享受这件事情了。

用塔勒布的观点说，越是经过时间淘洗后沉淀下来的东西，越值

得我们长久去追寻和探讨。

作为一套修养体系,书法中蕴藏着几千年来中国文人积累和信奉的人生智慧,比如"穷则独善其身,达则兼济天下",这是一位文人在各个人生阶段,和自己、和外界相处的最重要的原则。

因此,越过书写的功能性,我们反而可以更为深入地认识书法,体验书法给我们的人生带来的益处,而不是简单地停留在"把字写好"的层面上。

才艺依赖于外界的反馈

书法学习会带来作品,带来视觉性的落成,所以向外的显露和展示也就成为它本身的一种属性。

当自己的作品赢得关注、认可和赞扬,我们确实会感到开心,但同时也会发现,把书法作为一种"才艺",过于重视它向外展现的时候,我们的快乐会过多地为外界的反馈所左右。

试想一下,如果把写字的意义寄托于外界,对好坏得失的判断都取决于他人,那么人必然会关注诸如此类的事情:这个字写得好不好呢?我和某某比起来,谁写得更好?我的老师是不是足够厉害?某某为什么对我的字没有反应,不给我点赞?我们需要掌声,需要在争论评比中获胜,于是要么在和自己斗争,要么在和这个世界斗争。

我们是无法让外界和自己同频又同步的。比如,有同学写了一幅篆书，拍照发到朋友圈，会发现点赞的人有很多，因为它看上去很厉害，但实际上篆书是书写练习最基础的。写到楷书时再发出来，评头论足的话便多起来，比如"不够整齐"，因为对于楷书，许多人脑子里的标准是"印刷体"。如果发的照片里还露出了写字的手，可能就会有"执笔不对"之类的评价。等学到草书，再一展示，评论区往往一片安静，因为实在是读不懂。

"士屈于不知己而伸于知己"，意思是：在理解和关照自己的人面前，人会开心；在不懂得、不包容自己的人面前，人很容易挫败不悦。所以，孔子所说的"人不知而不愠"是读书人最基本的修养之一，无论褒贬顺逆，都能保持自己的本心与节奏。

我们并不是说向外展示不好，它可能会带来一些助力，但无法成为人心中稳定的根基。如果书法是需要向外表现、获取认同才有用的东西，那么在没有观众或者感受不到自己出类拔萃、才华横溢的时候，它便很容易成为拖累或消耗。

所以，在暄桐教室的第一节课上，我一定会告诉同学们，改变体验的最好方法是改变目的，建议大家把书法当作一门功夫来学，而不是当作一种才艺。

得到称赞，我要回去好好写作业；受到批评，我也一样要回去好好写作业。外界一时的褒贬闲谈和我们去练习、用功不应该有太大的关系。

书法是为生活而练的功夫

那么，功夫是什么？

从操作层面看，功夫和才艺并非完全对立，但在根本立场上，有些时候它们是相反的。才艺需要外界的反馈，功夫则是通过内在的印证来实现圆满。向内用功带来的是人生境界的提升。

在刚学写字的时候，大家对自己的期待往往比较高，觉得自己出手就该厉害，至少应该不错。但一上手才发现，原来所想的和现实并不是一回事，甚至差距甚远，于是就产生了挫败、焦躁、心绪起伏、自我否定。

此时我们要做的，便是像前面提到的那样：写得好，要好好地去写，写得不好，也一样要好好地去写。

写过一年后，同学们渐渐会对自己宽容起来，看着可能还不够好的字，觉得还是有进步的，并且事实也确实如此，可以接受。再写两三年，字比先前像样了许多，开始觉得不用着急，三十年以后再说吧，或是就这样写下去就好。一路写来，写字渐渐成为一种习惯，成了生活的一种常态，其中的快乐不会因此减少，反而带来了生活质量的整体提升。

为什么会这样？皆因书法练习是一个回归"如实"的过程。

不够好，就看看不好在哪里，然后再来练习，在不断地重复中向前。能力上了一个台阶之后，又会面对这一个台阶上能看到问题，于是继续刻苦习练。

经历了多少时间、多少次直面、多少全神贯注，以及多少耐住性子再来一次的磨砺，在这个过程中都可以清清楚楚地看见。这种从心到手的实实在在的验证，可以帮助人从时时升起的妄念和情绪中剥离出来，回到此刻，面对真实。

由于实践经验的积累，人渐渐开始如实面对和接纳真实的自己，于是便长出了慈悲和谦逊，觉知并摒弃了那些无用的妄念，也会在做事时更加得法。而日复一日的练习，则带来了心甘情愿的臣服和平静，让长进来得格外扎实。

因为如实，人也就不再认为要追求一个成果、到达某种程度，才是对我们用功的回报，而是发现写字本身就是对写字的奖赏。就像面对生活，在沉浸和尽力中就已经享受到多种滋味。

在这个过程中，我们会经历一种很重要的体验——心流，这是一种因为全然地投入和专注，不受外界影响、安然自足的美好状态。在这样的状态中，人可以安静下来，从喧嚣中落定，慢慢找到自己，并在这个过程中为自己充电蓄能，积攒出稳定的能力。

在佛家智慧中，有了定力，才能形成自己的观照。人由此可以更从容地处理外界信息，不再单纯地为名利得失和外在世界左右，因为自己的观照与可以立定在当下的视角，会在这个过程中越加清晰和稳固。

可以这样比喻，我们就像小朋友，在人群中看见别人跑，也不明所以地忍不住要跑。但有了功夫之后，我们可以知道要不要跑，或是跑了两步之后决定不要再跑了，而不再是已经跑出去好远，才发现这并非我应该花时间和精力做的事。

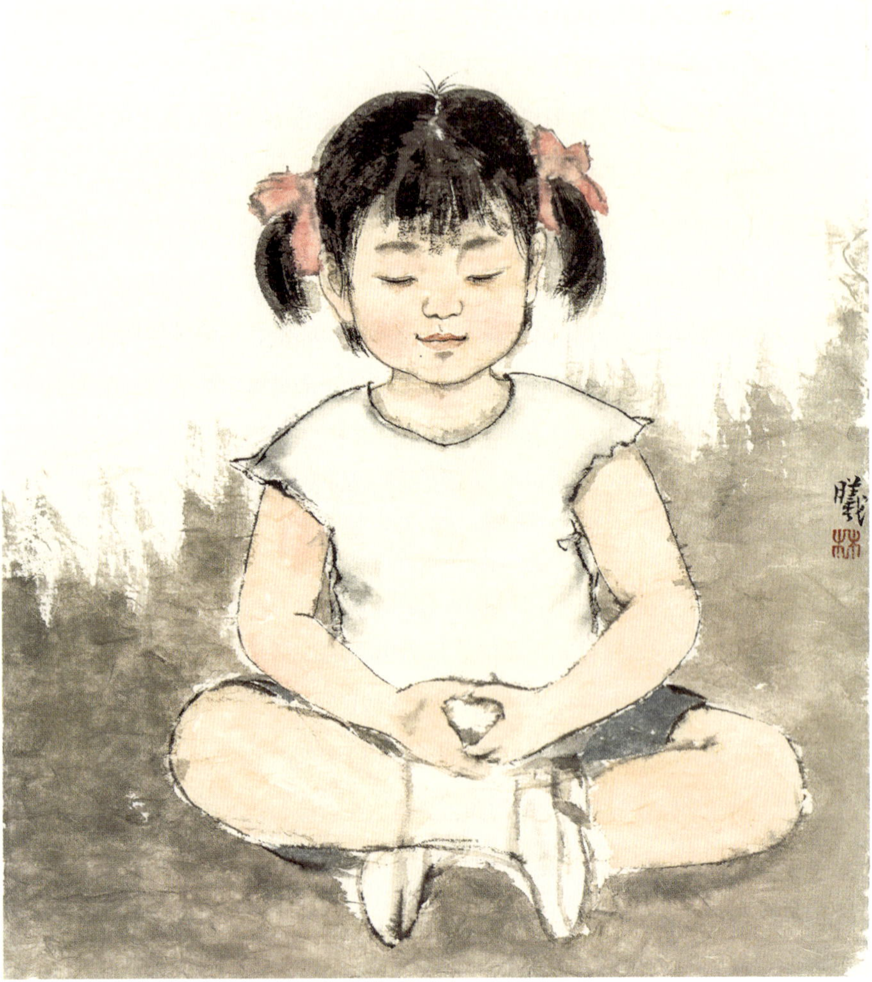
曦

徐复观先生的《中国艺术精神》一书表达了一个重要的观点：以老庄哲学为基础的中国艺术，最大的特点便是为生活而艺术，而不是为艺术而生活。也就是说，学习艺术最终是为了滋养和助力我们的生活，而不是把生活当作祭品，献祭给艺术。

庄子的核心思想是"以艺入道"，就是说人手上要有一门手艺，借这门手艺练就自己的心力、能力。

由此，个中逻辑已然清晰：在对书法的习练中，随着心手功夫的进步，生活的其他方面是否也随之得到了水涨船高地提升，是我们最应该关注的事情。

就像我和同学们说的，衡量自己有没有学对，不要忙着看字，先看一看自己有没有变得更可爱、更柔和，有没有在和他人、和外界相处的时候更自如，被他人所接受。这不是一种技巧或屈从，而是内在功夫长进后自然而然生出的善意应对和包容。

沉默是金

在教学的过程中，不少同学和我说过这样的话：我觉得这个帖不好看，我不喜欢写。

我会回答大家：等你写好了，再说难看和不喜欢吧。

就像在未曾得到时，谈不上放弃，没有拿起过，又如何说放下。这是一种很普遍的情况，说一幅字帖不好看的人很大一部分都没有拿起过，没有认认真真地观察和临写过，没有得到过行动带来的愉悦体验。在我的经验中，一幅碑帖，但凡认真写过，就很容易喜欢上。事物的表面形态和自身的经验局限，让我们有时会轻易下定论，但亲力亲为之后，往往会有不同的答案。很多的不喜欢，都源于不曾拥有或不曾做过。拿起来并不容易，不管是做人还是写字，想不想和能不能之间总是有巨大的鸿沟。

我曾经在课上说，要减少与人争论，尤其不要试图改变一个人。如果遇到分歧，不如想想你的初衷是什么，到底是为了赢，还是为了让事情更好，有争论的时间，不如去写作业。同学们都深表认同。

后来，一位同学和我说，那之后又过了三年，她才第一次在和母亲的争论中控制住了自己。她停下来，回顾自己的初衷——是为了让母亲开心，而不是为了让她认同自己。那一刻，她不再在情绪和关于对错的执着中卡顿，而是轻松地退后了一步，由此也第一次发现，天下本无事，一切皆大欢喜。

从知道到做到，这位同学整整用了三年时间，想必那不是一瞬间突然通透了，而是在过往的酝酿和一次次的试炼中，终于迎来了此刻——发现并没有非怎样不可的局面，沉默是金。

我听了觉得很感动。当一切水到渠成，当你的内心有一个蓬勃的令人安定的世界，就不会再把外界当作依赖，渴望认同并动辄为之一战，而且可以观照更广阔的生活。

有这么一句话：我们花三年时间学会说话，却要花数十年的时间学会闭嘴。

所以，最好先去做，先把几十个碑帖依次写下来。胖子是胖子，瘦子是瘦子，帅的是帅的，萌的是萌的，先写得出来再说。那个时候你会发现，除了长进，我们也可以沉默了——不是只能沉默，而是能够沉默。因为已经不需要用过多的语言去争取或证明什么，我们已经在这个自我实现的过程中被奖赏，该得到的已经得到。

让目标高远

曾经有人和我说，报过六七个兴趣班，从刺绣到陶艺，从泡茶到插花，按图索骥，也可以很快得出一些成果，但没有一个能坚持下去，并且渐渐地有点"恶心"，觉得提不起精神。

有一类兴趣班常以"速成"为卖点，教人如何在短时间内达成一个结果。确实，人是被成就感推动的，但这个成就感不是一个向外落成的结果，比如快速画好一幅画，而是在超越自己过去的惯性、突破自认为无能为力的部分时获得的巨大的快慰和满足。

应对挑战和迎接变化是人本性里的东西。第一次用了速成的方法完成一个目标，大约会觉得自己很厉害，但如果此后总是如此，一次、两次、三次、四次……收获的都只是一个可以拿回去发一条朋友圈的东西，久而久之，人就会自然陷入倦怠甚至厌恶中。从长远来看，当一项技艺有足够难度，人能在不断挑战自己的过程中获得提升时，才愿意在这条路上走得更远一点。

简单速成的东西不容易持久，因为它有违人的天性。复杂困难的东西也很难持续，因为我们在面对困难的时候会习惯性地退缩，认为自己做不到。

所以，在学习书法的第一个阶段，养成做日课的习惯至关重要——无论如何，每天先花半个小时把作业完成。成年之后，我们不再写作业，对自己疏于管理和控制，尤其是面对这种不带来实际功利的事。因此，即便仅仅是日课的达成，也会让你经过三四十年形成的惯性有所松动。

这种松动意义重大，它会让我们对自己产生信心，不再对困难抱以敬而远之或无能为力的态度。在此后前进的路上，虽然每一关有每一关的难，但也已经习以为常。埋头在每一天每一刻的练习中，人往往不会去计算走了多远，何时有结果。这和爬山是同样的道理，专注于脚下，就不会计较爬了多高，快到山顶时往下一看，才发现原来已经来到了这里。反之，如果一直在数走了几步，则很容易失去耐心。

如何让技艺的练习滋养我们的心性和生活，心法就是：看到这件事情指向的是什么，志向高远一点，让目标富有难度，并且把它放在一个更长远的时间线上，然后埋头耕耘。

心中知道目标高远，就会安于脚下的每一步。由此，我们也不会总着急发问"我怎么没有体会到它的好呢"，或是"怎么三个月了，还没出点成绩呢"。

不要害怕"零"

还有一个最关键问题，就是去"开始"。

人到了一定年纪，比如三十岁以后，从零去做一件事情的心气和动力似乎就少了很多。总是觉得，这个岁数了，我得稳住自己，或是必须要有某种基础，才可以去做点什么。

但我想问，人生中有哪件事是在我们没学没做之前就有基础的呢？

有多少次，我们怀抱着顾虑和思忖犹豫不前，突然间发现又到年底了。其实，无论什么时候开始，都是开始了，到了年底，便有了一年的基础。

零基础是个伪命题。最好的基础是对自己当下这个"零"的接受和承担——不害怕它，也不提前张望和盘算结果，稳稳地走出从零到一的这一步。

耐心一点

最近有朋友和我说，你都要四十岁了，四十之后，大家就不说"三四十岁"，而是说"四五十岁"了。他们总会提醒我说，你真的得为自己的艺术前途着想，打算起来。

但我的偶像齐白石先生到了六十岁才想清楚自己要画什么和怎么

画的啊。

其实，我们这些写字画画的人很幸福。在画廊挂画、做展览的时候，人们都说："这么年轻啊！"年轻在这一行里不算是一个优点。字和画是随着人的成长而成长的，只有经过时间的积累，岁月的打磨，它们的样貌才会日渐丰富又圆融。那么，耐心一点吧，只管好好练功，好好精进就好。

如果要说到头来为了什么，我想说，我的希望就是在老去的时候，成为一个可爱的老太太。我希望那时我还在写字，还在教大家写字，我们是一群特别可爱的老头老太太，在一起学习和玩耍。我们有自己的爱好，有自己的世界，有独立而洁净的姿态，并且依然把自己当个孩子，内心赤诚，笑得天真。

这可能是书法、艺术对我们而言最重要的价值了。要知道，人在年轻些的时候，总是更多地倚靠先天的禀赋和父母给予的特质，等到七老八十，就真的要靠自己了，要靠那些看过、学过、做过、内化了的东西来滋养和支撑着自己。

笔记提要：

1. 要追求在当下的"心流"状态，让写字本身就是写字的奖赏。
2. 不要把书法当作一门才艺来展现，而是把它当作一门功夫来练习，由此我们所获得的会更多更好。
3. 不要求速成，给自己稍微长一点的时间。三五年的时间一转眼就会过去，但三五年可以帮我们打下一个真正的好的基础。这个基础，会让我们长得更高，走得更远。
4. 零基础不是问题，现在就开始吧。

小功课：
- 想想看，生活中哪一件事情是你的"功夫"？就是几乎不用发朋友圈，不需要别人赞美，你也很愿意一直做下去的并且由此感到滋养和进步的那件事。

清涼曦

境界的转化与提升：答案在练习里

心安定有力时，看万事万物都澄明可爱

艺术所求的三件事：境界、功力与技巧

张大千先生曾对他的学生说过一段话："艺术是人类共通的，尽管表现的方式有所不同，但艺术家所讲求的，不外是意境、功力与技巧。"

境界是我们的心灵状态（若谈及高度，便有了强调高下的意思，因此这里只说境界的不同）。功力是我们中国人做学问的功夫，非岁月不可，需要长时间的积累才能养成。最后，才是技巧。

在张大千先生看来，中国人学艺术，所求的是境界、功力与技巧，在这其中，境界是最重要的。技巧放在最后，意境放在最先，这其实是艺术里很清晰的价值体系。

功力与境界，如果缺乏相关训练，往往很难被意识到，于是能被看见、品评的，就是技巧了。

中国人学艺术，有一个很基本的观念，叫"取法乎上"。也就是说我们在学习时，首要的是需要去理解最高明的是什么——先从心灵上

提高认知高度，知道自己所学的是一门功夫，需要时间养成功力，也有重重的境界，在这样的认知基础上，再安然地一点点增长手上的技巧。

所以"眼高手低"是学习艺术必要的一个过程，如果眼界得不到提高，手的操作再熟练，也只是处在一个相对技巧娴熟的状态。比技巧更深的，是常年累积的功力，而这功力最后会提升为境界。

境界是最难以琢磨的。

境界是什么

什么是境界呢？

简单来说，境界就是我们的心此刻真实所处的状态。

举个例子，同样的餐厅，同样的厨师，当我们专注于食物时，会发现分外美味；而当注意力放在与人商谈公事上，食物的滋味便往往差了许多。原因无它，我们在感知一件事物时，内心的状态改变了，感知到的事物的性质便有了变化。

一个人心境的改变，会深刻地改变我们对外界的认知。所以说，真正的改变不在外部，而在我们心里，我们的心就像影院的银幕，银幕上所投射出的正是我们当下的感知。

古人讲"六根"与"六尘"，六根即"眼耳鼻舌身意"，六尘即"色声香味触法"，六根是感知的主体，六尘是感知的客体，有了主体，我们才能对客体产生感知，两者结合便成为所谓的"境"。也就是说,"境"不是指周遭的环境,而是我们的心境。我们的眼耳鼻舌身意能感受到什么,都是可以选择的,境界其实是人的心境层次。

从幼时开始,大人便告诉我们,这是红,这是白,这是桌子,那是椅子……如此无数次重复,感性经验便沉淀为认知。这样的认知本质上是中性的,没有好坏之分,但经由这样的认知,我们可以将它们升华,这样的境界中,如果真的要谈高下与层次,谈的便是智慧的高下与层次。

为什么说艺术有很重要的助益与滋养,因为艺术能在眼耳鼻舌身意上,为我们的境界带来提升,让人获得美的享受。所谓的转识成智、转染成净,就是说把受到染污的心变成清净的心,从烦恼心变成菩提心,心安定下来,智慧便会自然显露。

心安定有力时,看万事万物都澄明可爱。

人间万事塞翁马,只生欢喜不生愁。人生总是有起伏,好坏参半,所以"只生欢喜"不是只有欢喜,而是在纷繁世事里,任命运跌宕,我们都能主动地去选择欢喜,这其实是很不容易的。也就是说,如果现在生活里发生了一件客观来看非常不幸的事情,我们还能选择欢喜吗?

回过头看历史,你会发现同样悲伤的事情,李白把它写成了千古名篇,梵高把它画成了最感人的画作,而另一些人则为此消沉了,或身心都为此消耗了,没有从中得到有益日后的体悟,也没能从中转化出好的能量。

对于同样的事,不同的人会呈现出完全不同的转化能力,背后终究是因为境界的不同。

王国维的"三重境界"

谈到境界,近代学者王国维写过一本书,名为《人间词话》。书里用古人的三句词,讲述了人在追求境界提升过程中必经的三重心路。

第一重境界,"昨夜西风凋碧树,独上高楼,望尽天涯路"。

人生到了某个阶段,总会遭遇一些打击,未见得是你亲身经历的打击,也有可能是旁观周遭人的痛苦,这往往会对我们已有的经验和价值观产生一些冲击。或者我们曾经有过许多对于财富名利的外在追求,可能最后这些目标都实现了,但你发现自己并没有当初以为的那样快乐,因外在满足所带来的喜悦转瞬就过去了,如同"昨夜西风凋碧树"。

其实这就是"悟"的开始。有了这样的悟得后,我们会想要寻找一些更永恒的追求。我们从前人的心得中可以提炼出一个非常有价值的观点:外物可以被剥夺,智慧与修为是无法被夺走的,是令人安住的存在。

我们的人生总是会来到这样一个阶段,想要追求更多心灵上的觉知和提升,于是独上高楼,想再看一看,这一生有没有走得更远的可能,而后望尽天涯路,出发去找寻。

这时便来到了第二重境界,即柳永那句经典的词——"衣带渐宽终不悔,为伊消得人憔悴"。

当终于找到了真正令自己心安的所在,并为之付出热诚、努力与用心时,虽然过程可能艰难,需要付出很多,但恰是不冤不乐。这时,在外人看来我们是"为伊消得人憔悴",而我们自己会知道自己内心充实,有纯粹的喜乐在其中。

就像热爱写字的同学,经过练习,可以真正静心书写时,内心会变得沉稳踏实,众神归位,最后发现原来写字就是那件可以令自己在独处时分外享受的事。

画画,插花,喝茶,音乐……我们要为自己找到这件事,找到可以心生愉悦、与自己好好待在一起的爱好。

第三重境界对应辛弃疾的词——"众里寻他千百度,蓦然回首,那人却在灯火阑珊处"。

这是说追寻的过程往往伴随着辛苦,越是珍贵越是得之不易。当我们几经辛苦依然无所进步、几近放弃的时候,往往会发现,我们所追寻的其实就在不经意之间,在灯火阑珊处。

"阑珊"这个词极好,是将熄不熄、将灭不灭的一刹。在那一刹,渴望得到的领悟便会在脑子里灵光一闪。

就好像我常跟同学说,当写字写到想要摔笔时,常是量变即将产生质变的时刻,但许多人往往熬不过这一关。这也是第三重境界最难的原因,如学画的人所说的"废纸三千",想要画得很好不会那么容易。

从"昨夜西风凋碧树"到"蓦然回首,那人却在灯火阑珊处",是一个完整的历程。

人生总会来到"独上高楼,望尽天涯路"的这一步,想要追求

碧澗泉水清寒山
月華白默知神自明

更多心灵上的觉知与提升，就需要"衣带渐宽终不悔"，真实地去亲身践行和付出，付出不亚于任何人的努力。于是"众里寻他千百度"后，最终会在不经意处，发现"那人却在灯火阑珊处"，原来自己已经走到这里了。在这"千百度"里，我们会完全把自己投入其中，慢慢消解掉目的。

一个纯粹的目的其实并不能支撑人走很远，当时要有当时的甜头，当时要有当时的获得。不管外人如何看，自己确实乐在其中，能享受这个过程，觉得很美、有收获，才能慢慢地一直走到这一步。

这三重境界可以应用在很多事情上。要相信你的灯火阑珊处在前方，知道那一刻会到来。

境界的转化，来自心力的提升

升级与转化当然是不易的，因为境界的提升要由心力决定。

比如，我们很容易因为先入为主的喜好与观念，错过人生中许多能够汲取养分的时刻。无论顺境逆境，无论批评表扬，都会过去，也都是养分。我们往往只习惯于接受快乐，不接受不快乐，但不得不承认，逆境与痛苦的经历往往令人感受更深，当我们能够从逆境中吸收营养，转化成智慧，人生的效率也会提高许多。

如何才能更好、更有效地面对不同的际遇，这需要用心力去承担。今天，有一些人选择辞职，去追寻远方的美好，追求隐居山林的快乐，但时日不长，又回归了曾经的生活。一部分频繁换工作的人也有相似的情况，最后发现，对下一份工作的怨怼和对上一份的如出一辙。

实际上，如果心境没有改变，我们便会在遭遇中循环往复，那些不快永远都在那里，不曾消散。

不用逃避遮掩和否定，能够就地生长出新的天地，这就是心力的作用。古人的智慧在于，看待每一件事都有一种平衡的视角，如同太极图，坏中有好，好中有坏，关键是如何转化。一个心力极强的人，能在逆境中转化出许多养分，而心力极弱的人即便在顺境之中享受到片刻满足，依然会很快陷入痛苦的纠缠。

既然心力决定了境界转化的能力，那么当我们想要有所改变和提升，便需从心力练起。

所有的答案都在练习里

我们可以把心力的提升，理解为锻炼肌肉的力量。

想要举起哑铃，其实只有一种可能：肌肉所拥有的力量大于哑铃的重量，就能比较轻松地举起来。但如果没有受过训练，肌肉力量不够，便会发现，不但哑铃举不起来，自己还可能受伤，身体会有一系列的反应。

大部分时候，我们都面临着这样的状况：知易行难。这种"想不想"和"能不能"之间的巨大差异，会让人越来越容易感到挫败和沮丧。而手艺人的解决方案永远是：这事得做、得练。

我们不妨尝试着投入到一门很具体的技艺当中，诸如写字、插花、下棋，通过学习体会进入心流状态的感觉，当你的注意力被完完全全牵引，无法分心，在那个时刻，你便完全跟焦虑与压力区隔开了。

当行动的目的不再是"我练习完了"或者"我今天发朋友圈有多少个赞"，我们就能真正享受到过程中的快乐，练习就是练习本身的奖赏。一旦有得失，心就处在未来。一旦心在未来，不在当下，就会产生各种各样的焦虑，因为你将自己投入了最不可控的状态，而不是可以把控的当下。

瑜伽心法中有一句话，"所有的答案都在练习里"。哪怕每天只有二十分钟能完全专注，处于心流状态，假以时日，人的心力、专注度和自律的能力，都会获得相当大的提升。

接纳和臣服

有一部动画电影叫《心灵奇旅》，讲的是每个人来到这个世界上，这一生的际遇都是自己选择的，我们选择了一段可以提升和疗愈自己的旅程，勇敢的人会选择更有难度的游戏。

当面对人生的不确定性，以及挫折和困难的时候，不妨尝试着从这个角度一想：我们是一位勇者，主动选择了这样的人生课题。由此努力将注意力放在如何解决问题上，去理解挫折和困难对自己的人生到底意味着什么。

这个思路就像打游戏，越难越有动力。我们的心力也会在这样的过程中得以提升。

那么，是什么让我们在遇到难题时想要退缩和逃避，甚至想放弃呢？

是因为在困难与挫折背后，还有一个东西，叫"得失"。当我们对游戏太过当真，"得到"和"失去"就会变得特别真切。太想得到，太怕失去，我们焦虑的本质往往就在于此——想要控制未发生的事情。

这个时候，我们先要学习的是接纳与臣服。

一种彻彻底底的接纳，一种完完全全的臣服。意识到自身的渺小，由此安然在最真实的状态中应对和生长，何尝不是幸事。不要试图去掌控所有，接纳生命中发生的一切，接纳也许并不如自己期待的现状和自己，并相信它们有令自己成长的力量。

就像一个冲浪的人，当你身处其中，不妨选择跟随浪潮，与之共谋，浪潮会把你带领到一种非常美好的流动中，从而也便消减了那些因为对立，因为对那些力所不能及的事情的执着所带来的消耗与损失。

紫气东来，泥中生莲

"紫气东来，泥中生莲。"说到境界的转化与提升，我会想起这八个字。

中国人讲的紫气，是晨曦之前天空中那层淡紫的云色。当人的内心充满能量与热忱，就会像东来的紫气，只是一点点紫色的光，便会给生命的境界染上不一样的底色。

抱着这样的希望与能量，我们望尽天涯路，去追寻热爱的所在，过程中遭遇的各种逆境，那些曾经想要摆脱的过往，都会转化成生命中最重要的营养，最终从淤泥中盛开出莲花。

清水中很难长出莲花，没有淤泥，便难以升华出本事来，没有真正历练过，便无法在心里长出属于你的那一朵。

落实到我们的生活中，其实转化就是主动把每一件事都往好的方向拨过去一点点，每一次让心往正确的方向移动一点点，而不是不停地怨怼。

古人讲转化，有一个很基本的方法叫扯脱。

扯脱就是先转移注意力。为什么当我们被某种情绪困扰时，写字是管用的，因为写字能将我们从情绪中即刻扯脱出来，否则意识会不由自主地将负面情绪不断扩大。

所谓境界，用一句直白的话说，便是离贪嗔痴远一些，就像泥里的莲花，每日往外生长一些。

我们对自己如此，对孩子的教育也是如此。做父母的时常一厢

天行健君子以自強不息 丙申 林曦

情愿地认为,孩子的人生越顺利越好,但我发自内心地觉得,早一点吃亏挺好的,早一点从中总结出经验,付出的成本其实更低。避免吃亏,其实也就错失了成长的机会。

将孩子的人生当作自己的人生,会给孩子带去很大压力。所以,对小朋友的管教不用过于细致,不妨把精力稍微回撤一些,用在自己身上。与其管束,不如让孩子看到一个成长的榜样。同理,对待周遭的人和事也大可放松一些,放弃改变别人,转而寻求自省与提升,这同样是境界的转化。

笔记提要:
1. 境界就是我们的心境,此刻真实的状态决定了我们生活的状态。
2. 境界的转化和提升,需要经由不断的实践。其中,心力是决定性因素之一。
3. 提升心力的唯一途径——练习。
4. 在练习的过程中,记得先接纳和臣服。

小功课:
- 试着在遇到问题焦虑烦躁时,先退后一步,转换思路,了解眼前的一切,这也是进阶升级过程中的一种练习。

尽心于寻常事中

关于幸福,最快的那条路

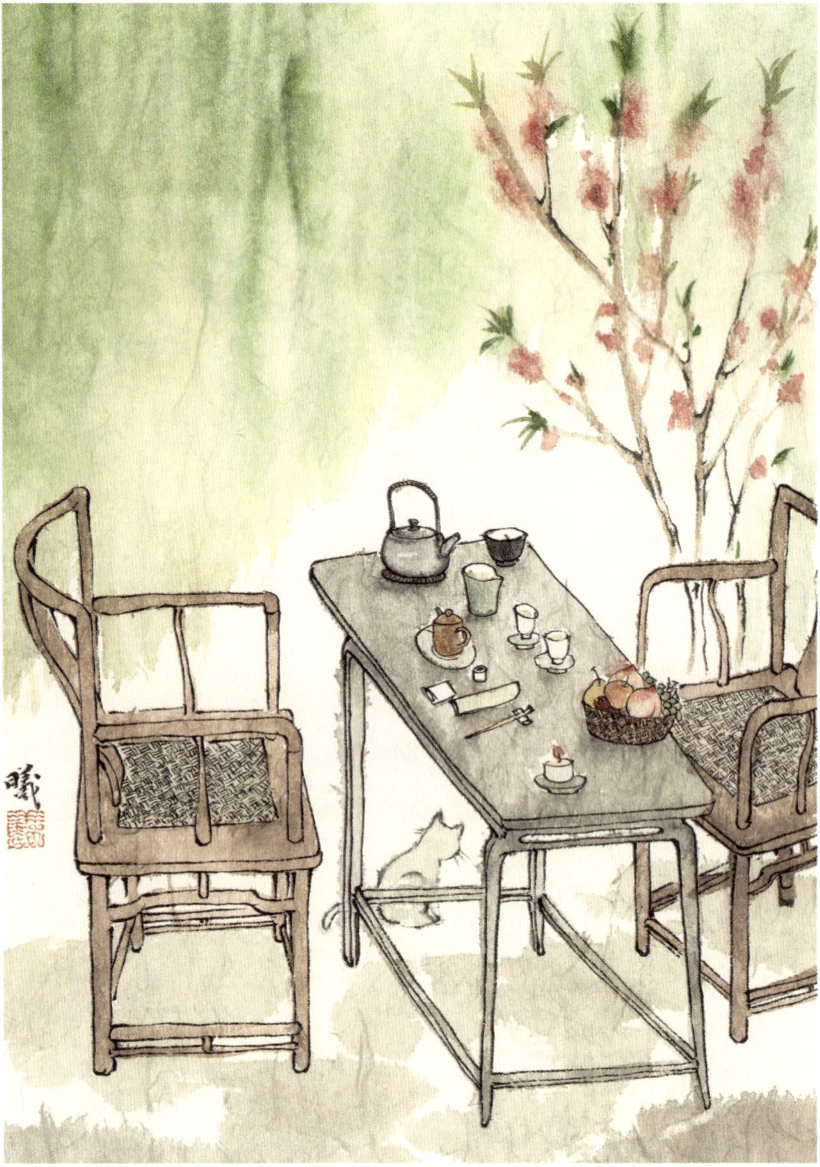
曦

如何平衡工作与乐趣

没有一件事情，只有你喜欢的那一面

接受必然的"不好"

在社交媒体上，我常常收到大家的留言，很多朋友觉得我很幸运，工作和喜好是一致的，天天都像在玩一样；再反观他们自己，总觉得被工作琐事拉扯得没有一点乐趣，没有热爱，也没有时间去享受生活。

我认为自己确实非常幸运，工作恰是自己喜欢做的事情，但也很想告诉大家，即便如此，我仍然有很多并非自己喜欢的部分要处理，有很多琐碎的事务性的工作需要耐心去做，和理想中那种一帆风顺、轻松玩乐是不一样的。

现实总是这样，每一件事情都包含着阴阳两面，包含着我们喜欢和不喜欢的部分。我也需要先把那些自己不喜欢的做好，然后才有机会做喜欢的事情。

我不太赞成这样一种态度：一个工作觉得不喜欢就马上选择辞

职，一件事情不喜欢了就马上换一件，对人也是如此，只要不尽如己意，就想分开，换一个更好的。短期来看，这可能是最有效的方法，立竿见影，但从本质上说其实问题并不在那份工作、那件事情或那个人身上。如果我们只愿意承担自己喜欢的部分，那么当不喜欢的部分出现时，马上就会心生厌烦或者质疑，如此一来，大概做任何事都会进入这样的循环。

就拿艺术来说，它可以是很多人的兴趣，但艺术创作一旦变成工作，你就可能发现自己不喜欢了。是艺术本身不好吗？不是，是因为随之而来的那些必然的辛苦，那些可能不在你理想范围中的事，以及暂时无法得心应手的状态，导致你不再喜爱了，或者不愿意去承担。

有一个故事，讲古代的一个书生，晚上突然听到敲门声，打开门一看，走进来一位非常美的仙女。仙女问可不可以留宿，书生觉得太好了。但随着仙女进来的，还有一个不太好看的女子，书生就把她赶了出去，没想到仙女也跟着出去了。她对书生说，那个女子是她的姐姐，她叫光明天，姐姐叫黑暗天，她们永远形影不离，所以如果黑暗天出去，她也要出去。

我想说的道理和这个寓言讲的一样，每一个你看上去光鲜可爱的事物背后，可能都有很多你不喜欢做的努力和付出。如果没有这个基础认知，那么不管面对多有价值的事情，我们都可能因为不喜欢的那部分而放弃。唯有去掉强烈的分别心，知道我们喜欢和不喜欢的部分原本是一体的，事情才会在一个好的基础上生长。

一些我们不喜欢的事情往往就是磨炼，会令人成长。如果能本着解决问题的想法，秉持打怪升级的态度面对，那么对于很多事情就不会那么抗拒了。事情本身并没有纯粹的好坏，是人的抗拒让它显得特别不可爱。

优化时间安排

时间是很宝贵的，每时每刻都在流逝。古人有一句话我很喜欢，"习静觉日长，逐忙觉日短，读书觉日可惜"。"习静觉日长"的意思是，如果你的心是安静的，专注投入地做事情，就会觉得时间很长。"逐忙觉日短"，忙着追逐的时候，会觉得日子很短，时间不够用。"读书觉日可惜"，如果真正投入地去读书，会觉得日子太值得珍惜了。人的一生非常有限，书是读不完的，书中的信息可能穿越了几百年甚至上千年的时间，传递到了此刻。这样的时空观，会让人意识到人的一生渺小而短暂，如同沧海一粟。

关于很多人觉得时间不够的问题，"逐忙觉日短"便是一个很好的描述——常常陷于很忙、很累的状态里，但回头看看又好像没做什么事情，时间就这样过去了。如果是这样，我们需要先考虑一个问题——时间去了哪里？当今社会，时间最大的"敌人"之一就是手机。各种社交媒体让人把所有空闲时间，甚至应该做更重要的事情的时间，都交给了手机，而内心安静、专注做事的时间少之又少，或者说因为习惯了散漫而碎片化的状态，我们非常缺乏这种沉下心来、集中注意力的能力。

如果简单地说"忙"，其实现在每个人都忙，只是忙的内容不同，因此"没有时间"有时并不是一个理由。我们有没有时间去做一件事，往往是由"重要性"决定的，这件事如果足够重要，再忙都会有时间去做。所以我们需要先思考一个问题，对于自己为之忙碌的事情，我们是否忘记了思考和梳理它们的优先级，以致密度过大，让不那么重要的事情占据了有限的时间和精力。

可以尝试给自己布置一个复盘的工作，拿一个小本子，从早上开始记录，以一小时甚至更短时间为单位，看看自己都做了些什么，这样就会知道时间是如何花掉的。管理时间和管理金钱的道理相同，知道了去向，才知道哪些是不合理的，哪些是被浪费的，然后再来做优化和调整。

真诚地贡献价值

现代社会，尤其在北上广这样的大都市，对于年轻人而言，机会似乎很多，但同时压力也越来越大。社会给了每个人一个模板，告诉我们什么时候升职、什么时候创业，在为自己的人生做选择时，随大流比较有安全感，一旦脱离这个轨道，就会觉得焦虑、有压力。

我们其实并不需要预设和追求一种普适的理想状态，人的特质、际遇各不相同，标准的理想状态并不存在。如果始终以此为衡量标准，便很容易陷入自怜，遇到问题便习惯性地着眼于"外界"，这种不断的比较会让人处于负面的思考中。

同时，我们也不要把理想和挣钱这样的现实目标直接对立起来，它们不是对立的。只要真诚地贡献了价值，就会得到相应的回报，如果做事只是奔着钱去，便会一直处于"索取"的状态，不能心思单纯地尽力付出、创造贡献，那么又用什么来谈回报呢？

大家都向往"随心所欲"的轻松状态，但这样的轻松并非肆无忌惮的任性，而是发生在真正消除了对立的那一刻。它可以在每一刻中发生——如果你把当下作为工具，认为眼前的一刻都是为了换取未来的某一刻而存在的，那大概永远都不可能"随心所欲"，就像一只小狗追着吊在眼前的骨头跑，一直在追逐却总也得不到。

能够意识到"此刻"就是我们所拥有的全部——过去的已经过去了，而未来完全无法把握，我们就要用视若珍宝并全力以赴的状态来对待它。当你真实地思考如何贡献价值并且用心去做的时候，世界是不会亏待你的。

在不断优化中，获得热情与乐趣

近年来，我有个两年一循环的假期——一期从零开始教起的书法课历时两年后的暂歇。

在一期完整的课程结业后，我通常会给自己安排一个月时间放空休息。当然，也不是那种彻底没事的休息，只是没有课程安排，心情上更放松些。有一年的假期，除了去了趟杭州饱闻桂花香，剩余的三周，我几乎每天都在工作。

最主要的工作就是把接下来要上的课程重新设计结构，重新备课。是的，虽然教室里两年一循环的课程内容经过十年的打磨基本已经定型，但是每次讲课，我都会重新备课，重新写讲义，重新设计讲法。我还会和陪伴大家学习的"书童"一起设计新的更有效率的伴读计划，助教老师也有全新的助教课程要充电长进，IT部的同事忙着更新优化学员体验……总之，全员一起优化调整。

学习的达成，不是光听课就可以，还要动手做到。如果没有书童给大家把整块的课程内容做深入拆分扩展、循环"投喂"、日课伴读，没有助教在批改分析作业的同时拆解小目标和方案，面对我们根深蒂固的惰性，手上功夫的进展很容易陷入挫败和停滞。

备课对于我来说，相当于设计和构建一个学习系统，工作量巨大，但是我深深地乐在其中。

即使讲解同样的主题，经过两年的沉淀和实践，也总有新的角度和灵感。我想我还算是用功积累，每两年都会新读两三百本书，增长两岁的见识，经历新的人生考验与历练。如同蜜蜂采蜜，新的长进、经验、感悟都要放进新一期的课程里。

每一次相聚、每一堂课都是唯一的，都是最好的此刻展现，郑重又轻盈。这也是我过去十年孜孜不倦上课的秘诀，否则人很容易在重复中被疲倦纠缠。

重复非常无趣，用红笔不断修改、推敲打磨，才能在无形中长进，渐入佳境。

我不算是一个职业的老师，但我是个职业的创作者，创作者大概最讨厌的就是重复，然而只有默默准备，满心期待的一期一会才能燃起大家持久的热情。

从连滚带爬到从容应付

几乎所有事业女性都会被问到这样的问题：如何平衡家庭等生活中的种种和工作的关系。

这个问题我也被问过很多次，也看到过很坦诚的答案，我认为平衡是个伪命题，现实中只有取舍。我来说说自己的看法，当然，这样的看法来自于我的工作与生活较大程度地融为了一体，并且在工作安排上较为主动。

创作者最大的快乐是上班时间不是很严格，但最大的挑战也源于此，需要异常自律，随时工作，几乎没有下班的时候。我有很多个不同的创作项目在同时推进，可能我也习惯了这样轮换做不同的事情就是休息的模式。

勤勉努力的一大好处是，自己的选择权会慢慢升级，专注于更能燃起热情的事业本身就是一种滋养。当你对"做事从来不只是做你喜欢

百丈懷海

一日不作
一日不食

做的事情"有了更深的体悟和经验，也就会张开双臂拥抱难题，花更多的时间思考、决策，慢慢就可以"以无厚入有间"，游刃有余，完成精度、速度的提升，享受提刀而立的自得。

总的来说，我不认为我们的生活可以被分成一个个小格子，这一格叫作生活，这一格叫作孩子，这一格是工作 。这种分类方式本身就非常对立和固化。

我们真正体会到的也许是：当工作很有成就感的时候，与家人用餐能更加踏实和放松；与爱人牵手散步后，打开电脑，投入工作时能量更饱满；和孩子读完书、给他掖好被子、亲亲脸颊甜蜜道晚安后，给自己倒杯小酒，铺开笔墨开始工作，非常惬意。

当然，这些都是正面的相互影响，还有很多负面的互相污染的例子，但随着有意识地提升方法，正面影响总会慢慢越来越多。生活与工作彼此提供灵感和养分。

我们的生活是一个整体。就像一首交响曲，旋律交替出现，多条线索同时推演前进。轻重缓急，蛰伏与显现，自有内在的节奏和美感规律。

平衡掌控感好的人，更懂得编织协调这样的内在节奏。我们也许都经历了连滚带爬的过程，逐渐学会面带笑容地从容应对。

我们是乐曲的指挥，在每一个小节中安排不同的乐器进出，严丝合缝地让很多种声音和谐地汇入流动的时间中。我们也是乐手，得负责自己手中这件乐器，让旋律和音色优雅稳定。

请提升心力

静而生定，没有定力，人的心就是一盘随风飞扬的散乱沙粒，随时会被外力操纵，无法积累，也难以成就任何事。

无论做什么，从做好一道菜到成就一番事业，背后支撑我们拆解困难、锚定目标的能量源是"心力"。心没劲儿，没强度，人便短视且缺乏执行力，很多时间都在反复地后悔和立志中度过。

"心力"这股人生中最重要的能量体现为专注力、耐力、思考的深度、与逆境共处的韧性、在顺境中不会迷失自我的目标定位与方向感、感受美好的能力、解读智慧的精度与广度、源源不断的艺术创造力，等等。可惜的是，这个力量的训练与知识的累积关系不大，这是一个要"做到"的功夫，用古人的话说叫"修正"。

学习书画，就是一个以艺术提升心力的方法。

这是庄子的思路。当我们能够控制毛笔精微的纸上运动，随着技术的提升和一整套游戏思维的吸引，我们的心便能从散乱中慢慢凝聚，初步产生专注的力量。

想要获得更直接的心力提升，就需要探索静坐的技巧。

静坐方法和学书法一样，有顺序，有入手方法，需要系统连贯的重复练习。心随着呼吸的调伏，直至深邃的静定，放松的同时保持专注。而心力不济则表现为一放松即散乱，一专注就紧张。

在无法自控自律时，在丧失高兴的能力时，在无法入睡的时候，我们都隐隐觉得心力很重要，这些日常的事都需要心的能量支撑。缺乏能量时我们有很多想法，但又会很快厌倦，很多情绪在涌动，干什么都总是蜻蜓点水，缺乏常性。

要做到不随波逐流，心里有根，有稳定的能量支撑身心的平衡，就要靠功夫练习提升心力。

当我们心力不足的时候，心就像一个长期缺乏运动、肌肉无力的人，面对困难的任务，很容易败下阵来，"心里乱得很"，引发退缩逃避。想要不慌乱、从容、动作不变形地坚持做对的事，应该从何练起呢？

在此向大家推荐我在课堂上逐句讲读过五遍的《童蒙止观》。它是世界上第一本系统的静坐零基础教材。这是一盏从隋代传下来的智慧之灯。研读这本智𫖮大师的保姆级静坐教学宝典，会惊叹千年前人们对身心认知研究的精妙。

我从十多岁就开始学习静坐，现在每天临睡前四十分钟到一小时的静坐带给我最多的支持能量和源源不断的灵感。这是"一休哥的休息时间"，劳累的时候，哪怕只用五分钟，坐下来安静地数数呼吸，也能充电。

人需要回到自己的内心之中，心灵混乱的水面澄净下来是"止"，水面自然真切映照却不留痕迹的洞察见地便是"观"。理想的状态不是人劳累了一天之后再满心疲惫地练习静坐，而是静坐的那个人离开垫子后，可以带着静定的状态去生活，去工作，去放松、休息、入眠。

此刻就做自己

我们说不要把所有的"好"寄望在未来的目标上,方法便是此刻就要做自己。没有此刻就没有未来,从这一刻开始,我们就要进入到喜欢自己的状态中。

很多人常常说,"我不喜欢现在的自己,但是我也没有办法,只能这样",那其实就无解了。

我觉得人最怕的就是进入无解状态。电影《一代宗师》中有一句话说得好,"宁可一思进,莫在一思停"。人一旦想要维护某个成就或者想要停留在某个阶段,而没有保持一种全力以赴、热情充沛的状态继续往前走、往前看,其实就已经在退步了。因为世界在不停变化,时间在不断把人往后抛。

所以,如果有一件事是你真正热爱的,那么没有任何理由不立刻着手去做。我认为老一辈艺术家中,画家周思聪先生是特别了不起的一位,她住在一间很小的房子里面,条件窘迫,同时要照顾家人,但还是创作出了很多很好的作品。类似的人和事并不鲜见,可想而知,匮乏或窘迫的外在境遇并非是阻挡人找到自己热爱的东西、专注成就自我的决定性因素。

有时候,我们抱怨所谓的因缘不具足、条件不好,其实只是想为当下没有去做找一个合理的借口。这一点,我们需要自己去觉察,因为永远没有完美的人,也没有完美的时机,此刻就是最好的时机。

《天龙八部》中有一个经典桥段,乔峰对阿朱说,等我报了仇我们就去塞外放羊。事实上，仇还没有报，阿朱先不在了。我们要尊重他人的选择，但也不妨想想，有没有其他的角度——这仇也不一定报得完，但现在能把握的是我们俩能去塞外放羊，那就先去放羊吧。

我们可以尝试一下，不去抱怨那些天命决定的事情，先把人事尽了。

笔记提要：
1. 一件事总是包含着你喜欢和不喜欢的部分，接受它们。
2. 我们往往需要先把那一些不喜欢的部分做好，才有机会做那些喜欢的事。
3. 优化使用时间，思考和梳理事情的优先级。
4. 真诚贡献价值，世界会回报你。
5. 在不断优化中，获得热情与乐趣。
6. 从连滚带爬到从容应付。
7. 提升心力。
8. 对于那些此刻就可以做好的事，毫不犹豫地做好。

小功课：
- 做一做文中提到的复盘的工作，记录自己一天的事务安排，重新优化它们的优先级和时间分配。

曦林

开卷如何才能有益

读书不是认字，也不是一扫而过的娱乐

怎样才是有所得

我曾经给暄桐教室的同学们布置过一项读书作业，阅读徐复观先生的《中国艺术精神》。这本书偏理论一些，被同学们评为"最佳催眠书籍"。一位年纪稍长的男生说他没有读完，问及原因，他说自己都快五十岁了，真的没有读这种非娱乐性书籍的习惯，一看书，才翻两三页就睡着了。

大家听完都笑了。这应该是很多人的问题：知道要好好读书，提升修养，但经常读不进去，读了也不记得说些什么，开卷有益的"益"就无从说起了。

其实今天我们的阅读总量并不少，把看微信、微博的时间都算上，把手机阅读的字数加起来，如果换成看书，一个星期看完一本是没有问题的。关键是我们的时间被各种各样的碎片信息占满，也习惯了这种片段式的阅读，所以在面对一些学术性、理论性较强的书本时，阅读变得非常艰难。

因为一直做老师，我接触到了有着不同读书习惯的人，简单说可以分作两类，一类人喜欢主动接收信息，习惯于阅读、写作，并且思考；另一类则是我们中的大多数，习惯被动接受信息，喜欢聊天和听人聊天，通过口头表述获得信息。

两相比较，主动接受信息的效率和质量会高很多。我们都有过写作文的经验，你会发现口述的魅力在于很放松，也很随性，但很多思考的过程都被省略了，我们会直接拿到结果和答案。但如果相同的内容需要形成一段文字，则会经过比较缜密周全的思考，需要符合某种逻辑，才能把这件事情表达清楚。所以即便我们能把徐复观先生或是任何一本专著的作者请到大家面前，也很难保证他可以把书中的体系和内容再完整地讲述一遍。

如果能把被动地听说式的输入，变成自主地读写式的输入，我们所得的质量和密度将会是非常不同的。

在做自己的阅读安排时，大家当然可以从喜欢的入手，但也要想一想，你为什么会喜欢一样东西？很大程度上，是因为你对它的了解够多，具备相关的背景知识。所以，如果一本书看了两页觉得不感兴趣，客观来说，不是因为它本身无趣，而是你在这个领域的知识储备还不够。

所以，喜欢的书要看，不喜欢的书也要看，最开始当然可以由喜欢的入手，喜欢会带来好奇，好奇带来问题，一个问题会带来另一个问题。本着解决问题、获得答案的心态去读书，我们才能在认知上有所拓展。

针对一个领域读书，不能只读其中的一本。比如，如果你对中医感兴趣，就一定会读《伤寒论》，然后会有自己的问题，由此可以就这些问题展开更广泛的阅读，去寻求答案，扩大认知的范围。这是一种"地毯式"的阅读，对我们的大脑来说也是一件好事，就像磨刀，越磨越快，读书也是，越不读就读得越慢，看得多了，阅读速度和理解能力都会有长进。

一个领域中，当你能够快速读完十本相关的著作，古今中外都有所涉猎，一定会抓住一些被大家反复谈论的问题。这些问题也往往就是这个学科里的一些关窍和枢纽，你可以针对这些问题，来思考自己的答案。

真正会读书的人，会把书越读越简单，当可以把一个复杂的问题，用简单的话清晰准确地表达出来的时候，往往就是有所得了。

不要渔猎见闻

多读书是一个基本的要求，但也不是简单的读得多就好。读书的最终目的是要获得答案，如果变成了片面的知识量的积累，就违背了我们读书的初衷。

元代的中峰明本禅师非常厉害，他说有一些学生的态度他不太喜欢，这种态度就是"渔猎见闻"。渔猎见闻是说一个人对待自己的见闻，对待每天崭新的所知，是一种猎取的状态，也可以说是一种求取证据的状态。有时候跟一些人聊天，会发现彼此之间的沟通是无效的，因为双方并不是在真正的交流，而是对方想要胜利，要从你的表达中找到可以证明和肯定自己的部分。

读书也是这样，如果不是为了获得答案，而仅仅是为了做一种知识的加法，那么就会和佛学中讲的"所知障"一样，带来更多的傲慢和禁锢。

这种渔猎见闻的状态在今天并不鲜见，打开一篇网络热门文章，你会发现同样一件事情有两方持完全不同的看法。当大家并没有真正去了解事实，而是忙着站队、忙着捍卫己方立场的时候，便是典型的渔猎见闻——不是为了求得新知，而是要证明自己的看法，我们的那个"小我"在追求胜利的感觉。

读书的时候，我们需要对这种情况进行自省。如果在生活中遇到类似这样的人，我想，应该尽量不要陷入争执和纠缠中，因为太浪费时间和精力了。

不动笔墨不读书

读书也要用一些方法。比如，读了一本关于古典音乐的书，但又没有很多专业知识，其中新的词汇、新的知识点，很容易就被我们的大脑过滤出去了。

徐特立先生说"不动笔墨不读书",如果一个人的书干干净净,像新书一样,那么有两种可能:一种可能是他真的特别厉害,看过的内容都记住了;另一种可能就是娱乐式地看了一遍,也就是过滤了一遍。

娱乐性地读书,很大程度上只是填充了生活中的一段时间,不需要留下来什么。书里的内容就好像吃进去的食物,需要经过转化,才能将一些无意义或糟粕的东西去除,让有用的留下来,变成我们身体里的物质和能量。

通常,阅读一本偏理论的书,认真研究目录是很重要的。在作者精心组织的目录结构里,往往透露着他的思考过程。不管是他的方法论,还是各部分内容所占的比重、它们之间的关系,都可以从目录中得出非常直观的信息。

看书的过程中,手里要有一支笔。在古代的书上,常常会看到各种红点、眉批。我们也需要在发现疑问和重点的时候将它们标注出来,打一个问号、写两个关键词或一些注解。另外,让我们有所触动,对我们有所启发的那些语句也不妨勾画出来。

一本书看完一遍之后,其中的内容很容易遗忘,此时可以把我们标注和勾画的部分摘抄下来。一方面这是积累的素材,另一方面,手写之后会更容易记住,可能比看很多遍都有效,因为书写这个行为要调动的能力更为丰富。

当你把这些东西摘抄下来之后,一本书也就被读薄了。接下来还有一个工作,便是对摘抄下来的内容进行系统分类和整理,做出一个大概的思维导图，让这些内容、知识点之间的关系清晰呈现。

可以试着在一张 A4 纸上把这些内容用图像化的方式梳理出结构，它不是将一本有着长长过程的书从前到后讲一遍，而是关于这本书的一张地图。图像化的东西更直观也更容易记忆，它占据的大脑容量和空间很小，但每一个点都很清楚，拎起来就可以变大变丰富，再去复习的时候也会更加简单。

我自己读过的重要的书，基本上都做了这样的笔记。小说类做得少，但遇到好句子时，也会记录下来。

比如，小时候读到《挪威的森林》里面说，"我们既会觉得蓝天迷人，又深感湖水多娇"。还有形容绿子的可爱，说她可爱到就像一只从春天的原野里走来的小熊，想和它一起从长满三叶草的山坡上滚下来。

再比如读历史，晚明之后经济比较好，江南一代的大家族过着很奢华的生活。明代文人江盈科便说，几年前，江南有过一次大灾荒，街上都是横死的人，但到了今天，仅仅五六年过去，一切又都好了，画船箫鼓，首尾相接，已经完全看不到当年的景象，不禁感慨"昔何以苦，今何以乐"，当年是为什么苦，今天是为什么乐，又说"维予与子，追昔日之苦，幸今日之乐"，就是我们知道今天的快乐不是唯一的、不变的快乐，只要想想过去有多苦，就会庆幸且珍惜此刻的快乐了。

这些对我触动很大的话，我会直接把它们抄下来，其他能够压缩的部分，就尽量压缩以免占据过多大脑内存。

这些摘抄不见得马上就能用到，却是一种获得新知、锻炼头脑的好方法。我们生活在信息时代，但海量信息等于没有信息，因为人的记忆力有限。如果能够通过主动阅读，为自己精炼出有营养的东西，这件事情本身就具有很大的意义，如果恰好你还从事一些跟创作有关的工作，这个功课便更不能省了。

笔记提要：

1. 把在手机上阅读零散信息的时间，集合成一段完整的时间，用它去读一本书。
2. 除了自己喜欢的书，试着涉猎更多领域。
3. 会读书的人，会把一本书越读越简单。
4. 读书不是为了证明自己或获得高人一等的优越感。
5. 记笔记是非常重要的。

小功课：

- 为读书时间，准备一支专用笔。

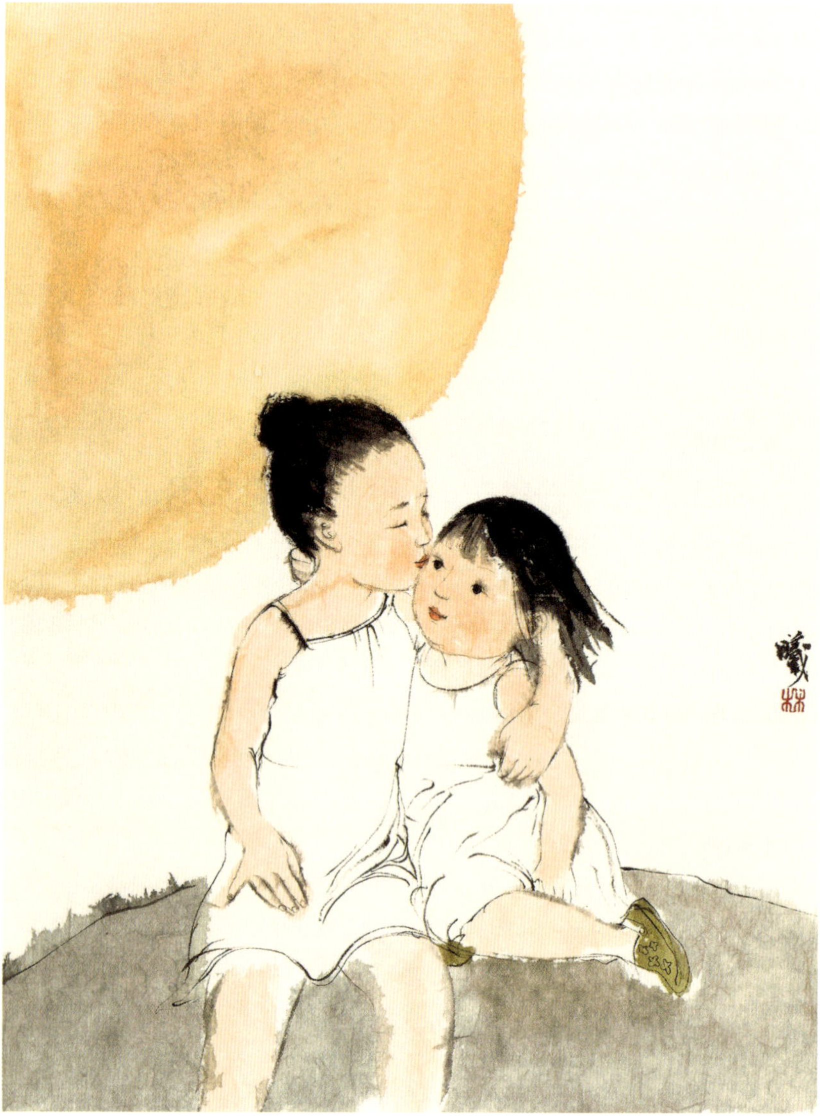

在人际是非的世界里得自在

外界不友好时，可以先检查一下，你对自己还好吗？

被讨厌的勇气

我曾收到一个问题，和人际关系有关。提问的朋友说："单位有位同事，大龄未婚，一言不合就生气，也不顾及别人的感受，还会背地里或是社交平台上说一些难听的话，让人很不高兴，但也不知道该如何是好。"

我想，其实人从来没有变过，喜欢八卦，喜欢在背后聊聊别人，这个特质可能自古就有，只是今天我们有了社交网络，有了微博，有了朋友圈，很多东西可以第一时间出现在我们面前。这是现在引发人际关系问题的一个最直接的刺激——一些东西原本一直存在，只是你没有看到，到了今天，它突然暴露在面前，所以让人不适——想到这一点，心里应该会坦然一些。

无论是八卦还是背后说人，都是一种关注。关注有两种常见的状态，一种是以喜欢的方式呈现，一种是以讨厌的方式呈现，这两种方式虽然看上去截然不同，但本质都是关注。就像网络上有很多公众人物，喜欢他们的称为"粉丝"，不喜欢的称为"黑粉"，都是"粉"——只要投入进去，就要付出精力，消耗能量。从这个角度来说，无论好话坏话，都代表了你对他人来说是重要的，所以面对闲话时不用太在意。

很多时候，跟周围的人坐在一起，就会发现，为了取得共识，大家常常会一起八卦。有时闺蜜之间为了获得彼此的信任，或是为了开心消遣，很容易谈及他人，笑几句、评价几句，也不见得是纯粹的恶意，但我们很容易把他人对自己的评价放在心上，经由自己的理解、发酵，它就变得不那么友好甚至令人愤怒了。

所谓八卦，便是不必当真。今天大家都热衷吐槽，喜欢轻松的表达，其实是借此释放压力或得到快乐，其中有一种游戏的心态。不论听的人还是说的人，如果太当真，将太多情绪投射进去，都会给自己或他人带来伤害。

我曾经给同学布置过一个作业，叫"一个星期不八卦"。不是说八卦不好，而是要看看自己能不能在一段时间内不做这件事，让自己有不被八卦控制的能力，让它仅仅作为生活中的一个游戏而存在。如果我们把握不了自己，成了八卦的奴隶，那么不论是说人还是被说，这件事都失去了它的本意，引发的焦虑和气恼反而会变成生活中更有分量的存在。

关于情绪的作用，为大家推荐一本很好看的心理学著作——《被讨厌的勇气》。书中指出，人们常常把自己当下的状况，尤其是不好的状况，归因于以往发生过的事情，但在心理学家阿德勒看来正好相反，客观事件本身并不会引起快乐或痛苦，是我们对于事件的看法决定了我们的喜怒哀乐，以及后续的行为和选择。换句话说，我们无法改变已经发生的事件，但可以掌控自己对这些事件的理解和认知，它们会决定这些既有事件如何作用于我们当下的生活，比如让人烦恼困惑，让人愉悦振奋，或对人毫无影响。

同样，无论我们自身如何，有没有可供置喙的地方，各种各样的闲言碎语都是生活中必然存在的。很多东西不以我们的喜好为转移，如果不喜欢当下的环境，换一个，大概率还是会有相似的困扰。既然如此，生活中不可改变的东西大可随它去，就像书中所说，"比起别人如何看自己，我更关心自己过得如何""'不想被人讨厌'也许是我的课题，但'是否讨厌我'却是别人的课题"。

我们无法决定外界，而自己如何是可以改变的。

升级的契机

如果你有一个不太喜欢的同事，可以想想，生气和困扰真的是必然的选择吗？也许有些人做了另外的选择，把这件事视为自己成长的机会——如果能处理好自己与他人的关系，也是人生的一个进步。很多遭遇本身并没有绝对的好坏，就像上文提到的，它能带来何种影响很大程度上取决于你如何看待它，所以我们可以试着不要用一贯的负面倾向去看待这些事情。

尤其是对女生而言，很多时候，情绪的爆发常常是在表达一种与之相反的诉求，比如求安慰、求抱抱，剥开令人恼火的情绪外衣，我们就能看到更本质的东西。此时如果能主动表达自己的善意，也许可以给彼此的关系带来很大的改善。俗话说，"人心都是肉长的"，没有人会真的喜欢对立尖锐的人际关系。

那些我们切实感受到的烦恼也不要忽视，可以借机想想自己烦的到底是什么，反省反省自己。比如，想想那位让你不舒服的同事，你可能会发现，自己潜意识里把她令人不舒服的原因归结为"大龄未婚"，这个"贴标签"行为背后的偏见和狭隘，也是形成人际对立和矛盾的一个重要原因。

大家可能都听过这则寓言故事，一个人丢了一把斧头，他思来想去，觉得是邻家的孩子偷的，于是越看越觉得各种迹象都证明了自己的判断。后来斧头找到了，再看那孩子，便觉得对方怎么看都不像小偷了。这是我们都会有的先入为主的思维模式——先做出定论，然后再在外界信息中选取印证，进入一种自说自话却于事无益的状态。

所以，在面对人际困扰时，不妨先把是非对错和面子人情这些放下，想一想问题可能出在哪里？有没有更好的处理方式？也可以自省一下，自己是否也在为这种困扰添砖加瓦？

各有所宜

做一只虚舟

《庄子》里有一个故事:"方舟而济于河,有虚船来触舟,虽有惼心之人不怒。有一人在其上,则呼张歙之,一呼而不闻,再呼而不闻,于是三呼邪,则必以恶声随之。向也不怒而今也怒,向也虚而今也实。人能虚己以游世,其孰能害之!"

就是说,有一天你驾着一艘船在水上,这时来了另外一艘船,把你的船给撞了。你呼喊责问,对方却没有声息,这时候我们的第一反应往往是生气,要恶语相向。但如果那是被风吹来的一艘空船,燃起的怒火便不知道向谁发泄,也不会像之前那么生气了。

人的愤怒需要有具体的投射对象才能得以释放,生活中他人的不满有时并不是特别针对我们个人的,只是他有一股情绪,恰好你成了他的投射对象。这种情绪的发泄可以以任何一个人为对象,和我们说什么、做什么、怎么样没有太大关系,因此,我们需要有一点虚舟的精神,用虚静之心面对人际纷扰,减少那些不必要的消耗。

古人说"无欲则刚",意思是向外求的东西要少一点,同样,我们也可以减少对人际关系的依赖。人的时间与精力有限,当我们把能量收回到自身、收回到一些更值得投入的事情上时,对外界的关注自然就减少了。

还有一个原则,便是爱你的人不会因为看到一些东西或听到一些说法而不爱你,不喜欢你的人也很难因为你的解释或努力而真的改变看法,某种程度上,想要改变他人是一件无效的事情,可以选择省略。我们与外界的关系，本质上反映的是我们和自己的关系——自己过得开心、有能量，便不容易被一些小风雨分心和伤害。要应对人际关系困境，把自己的生活过好是一个基本前提。

如果自己的小园地都是春天，蓬勃生长，它所提供的能量和营养便可以支撑你，让你进入一种真正淡然与友善的状态。

笔记提要：
1. 无论知道与否，关于你的八卦与谈论都会存在，不必太认真。
2. 可以将八卦作为偶尔为之的乐趣，但不要让它控制你。
3. 在人际交往中，主动表达善意。
4. 减少对人际关系的依赖。

小功课：
- 读懂并背下《庄子》中"虚舟"的故事：
 "方舟而济于河，有虚船来触舟，虽有惼心之人不怒。有一人在其上，则呼张歙之，一呼而不闻，再呼而不闻，于是三呼邪，则必以恶声随之。向也不怒而今也怒，向也虚而今也实。人能虚己以游世，其孰能害之！"

善知識菩提
自性本來清淨
但用此心直了
成佛 壇經句

信仰的帮助

一个重要的问题：你有没有更可爱？

一种对世界、对人、对生命的看法

曾经有人问过我一个关于信仰的问题，比较严肃。问题说："请问林老师，您是佛教徒，在生活中有哪些功课要做呢？信仰对生活有什么实际帮助呢？"

很惭愧，我从未说过自己是佛教徒，因为觉得自己还差得很远。客观地说，我很认同佛教的哲学观，认同那位叫作乔达摩·悉达多的觉者对于我们这个世界的运作方式的理解，以及他所指出的为人、自处和解脱之道。

李安的电影《少年派的奇幻漂流》中的主角"派"，相信不同宗教所指向的原点是一样的，这也是我比较认同的态度。我倾向于对所有的信仰保持敬意与欣赏，但也要看到去除外在的各种文化形式之后的那个原点。

佛教有很多宗派，包括藏传佛教、汉传佛教、上座部佛教等。大家都不一样，各有仪轨和戒律，比如有些必须吃素，有些可以不吃素。佛教最初的分裂，就是因为大家的认知差别而开始产生的，比如对于规矩的理解不同。但回到宗教出现的那个原点，它其实就是一种对人、生命和世界的看法。道教的教义也是如此，也是针对他们所处的那个时代，给出了一些解释和出路。

比如那些终极问题：人作为一个生命来到这个世界，为什么来？为什么走？这一段旅程是否有意义？它的意义是什么？意义是否可以累积？生命最终有没有一种完满的状态？

每一种宗教总有一些核心的东西，当把这些东西放到不同的文化中，便加入了人的解读和创造，比如成佛、成道、成仙，或者去天堂——不同的宗教赋予这个"完满"以不同的名字，但本质上都是对这个终极节点的想象和描述。

佛教经典《金刚经》有言："一切贤圣，皆以无为法而有差别。"这是说，得道者会通过不同的方式进行历练，最终达到觉悟和解脱。

方式的分别和每个人的喜好、特质有关，但这些分别不应该影响我们对其中一些核心问题的认识，甚至我们也可以完全没有规则和形式上的需求。很多时候，我们需要一些仪式感，需要一些重要的形式来与心中的信仰匹配，但这样的需求应该自然地产生，发自内心，而不是勉强为之。

我想并不是每个人都需要宗教信仰，但有一些宗教情怀却是必要的。简单来说，我们需要对人、对生命、对世界和承载生命的一切保有敬畏，即所谓的"有敬畏，知进退"。

除了对于世界秩序的智性层面的服从，以及出于好奇的观察和理解的欲求，人心中还有一种情感，或者说是本能的力量。

比如，在听巴赫的时候，感知和领会乐曲中那种秩序性，会让我们进入脱离散漫、提领精神、正襟危坐的状态，那是我们七情六欲和理性思维之外的更高一层的东西，可能是人的生命被设计时，那张蓝图背后的力量。这股力量让我们来到这个世界，也让我们最终要回归，我们会通过一生的经历和练习，去跟随和模仿那股更高也更自然的力量，对它生出敬畏和向往。

相比具体的宗教、简单的因果，这是信仰之于我们的更为底层的东西。

你有没有更可爱

谈到宗教，我们会发现不同种类的宗教有一个共同之处，现在大家所知的普及度最高的几种宗教，据说创始人大都生活在距离现在两千年前。

想想看，仅仅在我们自己的生活中，我和你说一句话，你再告诉另一个人，如此击鼓传花，话中的信息和内容一定会发生变化，并且会加入传递者的理解和调整。所以，回看过往两千年中宗教的传递，从好的角度想，它们是不断被传承并且一直在生长的学问，但换个角度说，它们已经发生了太多太多变化了。

所以在试图了解一种信仰时，我们应该尽量去理解它的本意，或者至少要有这个意愿，而不是盲从。在所有的宗教形式里，佛教比较强调知解、智慧。禅宗讲"小疑小悟，大疑大悟"，就是说你要先有疑惑，它不太强调绝对的信仰和依附，尤其不赞同放弃自我的全然相信。

佛教认为众生平等，认为生命之间有一种平等性，当一个人放弃了自我、放弃了独立性，完全相信另外一个东西的时候，其实就消解了平等性。如果最基础的自我认知没有形成，从某种程度上来说，也就放弃了通往那个更好、更完满状态的可能性。

我曾经写过一篇文章《关于突破修道上的唯物》，"修道上的唯物"这一思想来源于一位学者——秋阳·创巴仁波切。他认为，如果我们对信仰的投入变成了自我的装修和对既定惯性的支持，那么问题是无法被解决的，并且这是一条危险的路。

有时我会觉得有点遗憾，盲目的信仰心态在生活中并不少见。包括中医，也变成了一个信或不信的问题——大家不关心自己对中医理论了解多少，对西医了解多少，就火速地进入到站队模式。这有点可惜，一个人在没有"信"什么之前，还处于一种较为开放的、对于未知保持敬畏的状态，可一旦迅速进入了某种信仰体系，反而变得封闭且难于交流了。这时候，信仰就变成了一个喂养小"我"的工具。

其实，不管是什么样的信仰、什么样的跟随，要判断自己有没有理解对、有没有走上正确的路，可以用一个简单的方法来检验，便是你有没有变得更可爱——执着和烦恼有没有变得更少？有没有更自信、更放松？如果结果是相反的，花了这么长时间、这么多精力，却得不偿失，那么我们为什么要学习它呢？

不操纵

有时信仰在传播过程中会出现被绝对化的情况，比如，如果你不信、你不做，就会如何如何，给人一种很强的压迫感。但我相信，从这些信仰和哲学思想的创始人的角度看，信仰是为了让人类获得解脱、活得自在而存在的，而不是为了束缚人。

有一句话叫"先以欲勾牵，后令入佛智"，意思是我们传递和教授一些好的东西时，总是需要以一些大家感兴趣、容易理解的东西来作为引子，或者说作为一个机会，帮助他人进入这扇门。我们进入一个领域，往往会接触到老师，在一些更高层次的智慧中，好老师的一个原则性的标准，便是不操纵。佛教哲学认为，人是自性自足的，本身就具备一种圆满，老师的作用是陪伴我们成长，帮助我们进步，启发我们，使得我们在践行中找到自己的体悟、成为自己。

我们对一位好老师产生景仰的时候，往往是觉得他比自己高明、希望被他指引，我们其实接受了某种程度的"操纵"，但这是一种主动辨别之下的信任和跟随。所谓操纵，是让你做我想让你做的事情，并且按照我的想法去做；而不操纵则是我给你建议，告诉你这件事情很重要，然后根据你的情况，帮助你一起去达成目标。在这个过程中，你不必和我完全一致，你有你的可能性，甚至可以比我做得更好。

如果在内心中，我们不能与老师建立一种平等的关系，如果老师不相信在自己的帮助和启发下，学生能依循自身的特质去成长，那么学习和教学便都是不成功的。

其实，艺术教育也是这样。本质上，每个人都是艺术家，只是可能你还没有意识到自己创造性的那一面在哪里。一个好的老师会启发你的创造性，绝不是给予你创造性，因为这种东西无法被给予，所有的路都需要自己去独立走一遍。

我们要成什么样的"佛"

我曾问过很多佛教徒一个问题：你真的相信自己可以成佛吗？大家普遍表示，这是一件很遥远的事情。

释迦牟尼佛在菩提树下悟道的时候，夜睹明星，发现"一切众生皆有如来智慧德相，只因妄想执着，不能证得"。他知道，世间众生都和他一样，有一种圆满的本性，只是因为还有各种各样的执念、妄想，才看不到这个圆满的所在，生出各种困扰、痛苦来。也许在觉悟的道路上，我们要历经千辛万苦，但它终究不是从外界求得的，而本来就是我们的一部分。众生都是未来的觉者，如果不能建立信心，便与佛最本质的意义相悖了。

你也许想问：我们所为之学习、践行、努力的那个"佛"、那个圆满具足的状态具体好在哪呢？

记得小时候见到越南的一行禅师,我问了他很多读佛经时产生的疑问,其中有一个问题是关于《金刚经》的。禅师特别可爱,他说:"你知道吗,我们越南有一种水果非常好吃。具体怎么好吃,我可以给你形容一个小时,但是依然不能代替你自己吃到那种水果时所体会到的那个好。"

也就是说,如果这个状态可以被言语描述,它一定是偏离了本质的。所以《金刚经》中才说:"若以色见我,以音声求我,是人行邪道,不能见如来。"

我们往往会根据自己现有的认知和经验去预设一个标准,一个所谓纯粹的好或理想的状态,这个状态通常是源于我们认为的"坏"的绝对对立的一方,而圆满具足指的则是消除了分别心之后,消融了所有好坏对立的那个自在的状态。

佛教思想发展到后来,提出了"烦恼即菩提"的观念——没有烦恼,就没有历练的材料,也就不可能生出菩提,不可能生出觉悟和智慧,就像没有淤泥就长不出莲花。用儒家的话说便是"水至清则无鱼",一切要合乎自然。

所以,"成佛"并不是指一种绝对的好,也没有一个状态叫"成佛之后"。这一点理解起来可能有一些困难,它需要很多经验的支持。简单来说,就是"没有一个东西,在另一个东西之外",不存在"如果我有或没有了怎样的条件,我就成佛了"这个思路。比如,并不是我们跑到山里去清净待着,就有了成佛的有利条件;或者说,不是心里好像对什么都无所谓了,就成佛了。因为如果存在一个"之外"的状态，那就还是处于对立当中。

王国维先生曾在京都住了五年。到了第五个年头，他在日记里写了一段话，说过去这五年是人生中最没有什么可讲的五年，因为生活太简单了，但同时也是他学问进展最多的五年。

看到那段话的时候，我很能理解他的体会。那种生活相对来说有种隐居的感觉，非常单纯，每天散散步、做做饭，读书、写字、画画，那是一种喜欢独处、喜欢清静的人都喜欢的状态，而且确实也会从中得到滋养。

但是同时我也会告诉自己，不应该沉溺在那个状态中，因为在那种环境中，际遇单纯，养料是不充分的。佛教认为，人生活在"五浊恶世"中，有各种复杂的情况，是一个锻炼机会比较多的地方。我们来到世间，不应去寻求一种关起门来的人造的清净，如果不去经历、成事，借事磨心，通过践行锻炼自己，那么来这一趟，意义也是不完整的。

我觉得，信仰的魅力就好像古装电视剧里常说的一个主题——历劫。我们是来历劫的，完成一些功课，终究要交出自己的作业。如果能看到这个角度，便大可以重新看待自己的一切，不再把痛苦看得那么扎实，也不再把快乐看得那么扎实，因为它们的背后都有一个可供完成的意义。这样一来，我想人会活得比较开心和放松，有所寄托，也有所意指。

对于当下的我们，可以这样做，已经非常好了。

推荐两本书

《四大圣哲》

卡尔·雅斯贝尔斯（Karl Jaspers）著，这本书从哲学的角度描述了苏格拉底、佛陀、孔子、耶稣的事迹以及他们的思想。作者的基本观点是，所有的宗教形式都是在历史中逐渐生成的。

《自由的迷思》

由秋阳·创巴仁波切1971—1973年在美国各地的演讲结集而成。

笔记提要

1. 宗教的原点是我们对世界和生命的看法，想知道有没有理解对，可以看一看自己是否变得更可爱。
2. 好的老师不会去操纵别人。
3. 烦恼即菩提，不要把痛苦看得那么扎实。
4. 圆满是我们本来拥有的一部分，要向内去寻求。

小功课：

- 对《金刚经》做一些基础的了解。也可以从"一切贤圣皆以无为法而有差别"这一句开始。

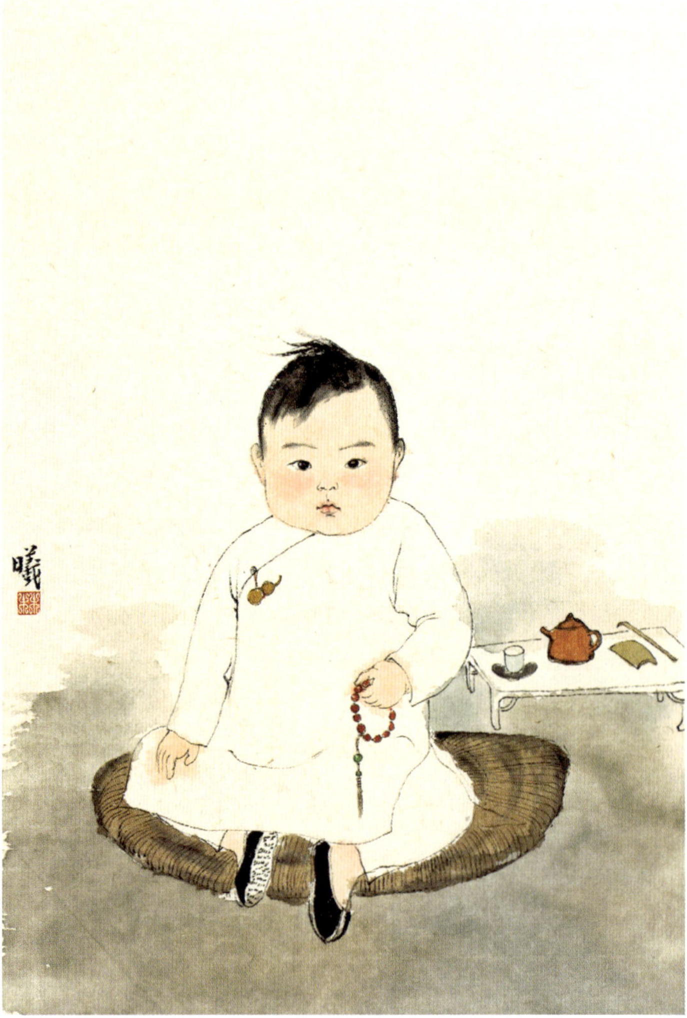
曦

分歧永存，我们想成为怎样的孩子和父母？

时光不再来，不认同，不等于不相爱

基础：放弃寻求认同

我们中的大多数人都面临着一个"千古难题"：我们在生活方式和观念上与父母有着很大的分歧，由此带来了不同程度的压力，也让人往往压不住脾气，于是对我们来说，最亲爱的人反而很容易成为"敌人"。

在以儒家文化为传统文化核心的亚洲国家和地区，父母与子女的关系问题总是绕不开的。"修身齐家"作为为人处事的基础，影响着一代又一代的人，父母的权威、孝道的义务是其中重要的部分，这令我们的亲子关系问题更加显著，一些与当下并不匹配的传统积习和惯性也会带来分歧和困扰。

关于如何与父母相处，我的认知中最基础的一点是：人不可能完全认同父母，就像他们也不可能完全认同我们。所以，如果我们与父母因为分歧而产生各种问题，解决方案的第一条便是放弃寻求认同。

"君子和而不同",与父母相处也是一样,放弃试图说服他们,放弃一定要让他们认同自己的看法和作为,包括那些在我们看来更好、更文明的理念和方式。先接受一些前提,比如他们有他们的经历和局限;再卸下一些预设,比如我们一定是对的,他们一定要跟随才好。任何"正确"都是相对而言的,在不匹配的情况下,再美好、再伟大的观点都无法起效,甚至会产生相反的作用。

想想看,在所有生物中,大概只有人类在成年之后还与父母保持着紧密的关系。果子成熟了就会落地,自行生长;动物幼崽一旦成年,就要自己出去闯天下、讨生活,甚至与父母形成某种竞争关系,彼此之间往往并没有"亲子"这样一种缠绵复杂的关联。

我们不妨效仿一下,尝试在一些时候把父母放在较远的位置上。首先,把父母还原为人,知道他们不是一类特别的名为"父母"的生物,而是与我们一样独立的人,有着情感需求,渴求理解认同。然后,设想一下,如果剥去我们与他们之间的渊源和长久相处带来的熟悉、轻慢,我们会怎样对待他们?我们应该会把礼貌和尊重作为相处的前提,而不会以儿女之名强加改变,只有有了这样最基本的同理心,彼此间才可能产生有效的交流。

观察了周围朋友和父母的交流,我发现有一种状况很普遍:你说A时我说B,我说B时你说C,你说C时我又在说D,总是处于不断偷换主题和概念的过程中。这也许是不自知的,但双方确实一直在自说自话,并不能停下来想想对方表达的真实意思,双方又因为自己不被理解而气恼。这样的交流总是会变成争吵,变成积压的情绪,最后困于无解的状态，想着算了，反正一家人也很难绝交，于是带着问题过下去，形成无奈的循环。

我们常常陷入情绪的困扰中，但有一点需要记得：每个人在这个世界上的存在状态不同，因此，各持己见、互不认同也是十分正常的。彼此之间的不认同并不影响我们相爱和依存，可能对于这一点，我们能更快地理解和接受，所以不要吝啬，也不要害羞，尽可能尝试抓住每个机会向家人们传递这样的信息。

不要让自己处于一触即发的状态，如果将与父母的往来视为小我要胜利的过程，那么必然令对方也只能开战。在父母的身份相对更具权威的状态下，子女处于天生的劣势，于是子女便进入一种表演状态：为了让父母喜欢、为了寻求平和，而表现出父母想看到的样子，等他们看不到的时候再做自己。这样虽然不是完全的阳奉阴违，但真心定然无从说起，也很消耗心力。

人和人之间的关系因为彼此存在差异而有趣，我们也正是通过认识不同的人、感受不同的性格、看到不同的行为方式而印证自己的体验，丰富自己的人生。虽然那种和而不同的状态对两方都有较高的要求，但我们起码需要知道有这样一个方向，为此去努力。

要时刻提醒自己：不认同不等于不相爱。如果把认同和服从变成爱的证据，也就背离了爱的本质，这正是我们最容易抛在脑后却十分重要的一点。

技术：让他们放心

我们很幸运，生活在一个愈加多元化的世界里，我们能看到的是路径丰富的世界。但对父母来说，他们成长的时代并没有我们所拥有并从中受益的那么多渠道和工具，同时对子女的重视、担心和焦虑又成为他们心理上的某种倾向，于是他们眼中往往只有一条路，便是他们认为对的那条路。这条路有时确实是对的，因为他们有着日积月累的宝贵实证经验；有时则是不对的，而更多的是因为选择有限和处境不安所表现出的控制。这时，家庭矛盾的主题之一便是"我为你好，告诉你正道，你还不领情"，由此陷入难以沟通而无解的循环。

我们需要抛开这些表象，以更富有智慧的方式去处理这些问题。父母的担心和控制本质上是希望我们好，虽然他们的方式和意见未必与具体情况相匹配，但我们可以看到，他们并不是想主宰和扰乱我们的生活，而只是看到了一条路，并坚信事情应该如此。

诚然，"我是为你好"的说法已经成了某种反面典型，甚至有些时候，我们会觉得父母是为了他们自己好，或为了满足一些类似维持权威、获取存在感等的心理需求。我们会觉得他们把子女当成是自己的一部分，所以才会那么积极地试图干预，将自己的不安和对幸福的需求转嫁在孩子身上。我们大可从很多角度来分析这件事，但最终分析的结果会落在你的认知和处理上。不管是从影响程度，还是退到方法论的角度上，我都建议大家先看到最本质的事实——他们是希望你好。这样一来，事情就变得清晰了，我们需要做的只是让他们放心。

我的一位朋友有一份光鲜体面的工作，可以说是闪闪发光。有一天，他突然觉得这不是他要的人生，想辞职，然后去做别的事情。将想法告知父母后，他便不出意料地进入了与家庭势同水火的状态。我与他聊天的时候，他说，为什么父母不理解我呢？我说，他们确实不理解你，因为是你想要做这件事，而不是他们想做。

在观念上，父母很容易把你今天的好归因于你在做的这份工作，将好的工作与好的生活画等号。在他人眼中，这是已经得到印证的，是看得到的，并且当事人也因此受益。再往深处分析，他们认为这份工作会带来丰厚的收入，扎实的物质基础会让你活得更容易、更轻松一些，而你一旦失去这份工作，就失去了有保障的收入，这种不稳定、不可预知的状态让他们本能地非常抵触。

在处理方法上，可以试着先抛开诸多细节，抛开大家争执不下的各种观点，比如你放弃这份工作的原因是不是合理，你的现状是不是已经够好，你之后想做的事情靠不靠谱。不妨坦诚地与他们说，你觉得累了，想好好休息，然后把你的存款单截图发过去一份，告诉他们你不是一时冲动，而是经过了慎重思考，会为自己的决定负责。因为你已有了准备和积累，在过渡期可以过得不错，也可以用这段时间好好休养，之后可能会回去工作，当然也可能开启人生新的一页。

关于对错的争执永远没有尽头，而且纯粹的不明事理和固执己见也是少数情况，可以试着创造一个平等沟通的机会和氛围，让父母看到你的状态和成长；也可以在条件允许的时候，满足他们的一些诉求，哪怕传递给他们的只是你整体情况的一部分。

不必期待父母理解全部，因为除了自己，很难有人能彻底理解你，就更不必苛求父母了。

在具备实力的前提下，这是一种"技术"——看到父母的诉求，站在同一个层面上去沟通。表演是无效的，我们要做的是领会对方真实的诉求，满足它，让安心开始生长。

记得：主动消融对立

当我们闯了祸或出了意外，第一反应通常是：别让爸妈知道。先不说这样对或不对，但我们确实是与这个世界上最爱我们、最支持我们的人有所背离，并且可能越走越远了。

我记得一个朋友曾说起他当兵的回忆。那时，大家要蹲马步，很辛苦，他就假设对面的人在跟他比赛，于是"我一定要胜过他"的念头支持他承受住了这个辛苦。同样，如果可以把多余的面子和自尊放下，把父母的期待、指责、不认同都变成一种动力，或者是变成激励自己进步的假想敌，都是可以考虑的选择，但如果将他们当作真实的对立面，就很可惜了。

父母往往会处于各种担心中，有时我们也会被困扰。我曾经写过一条微博，什么时候我们的长辈才能不再用焦虑、担心甚至"诅咒式"的表达来爱孩子，而代之以放心、支持和祝福的姿态。

当然，这主要是我们身为儿女的想法。要实现这种状态需要相当

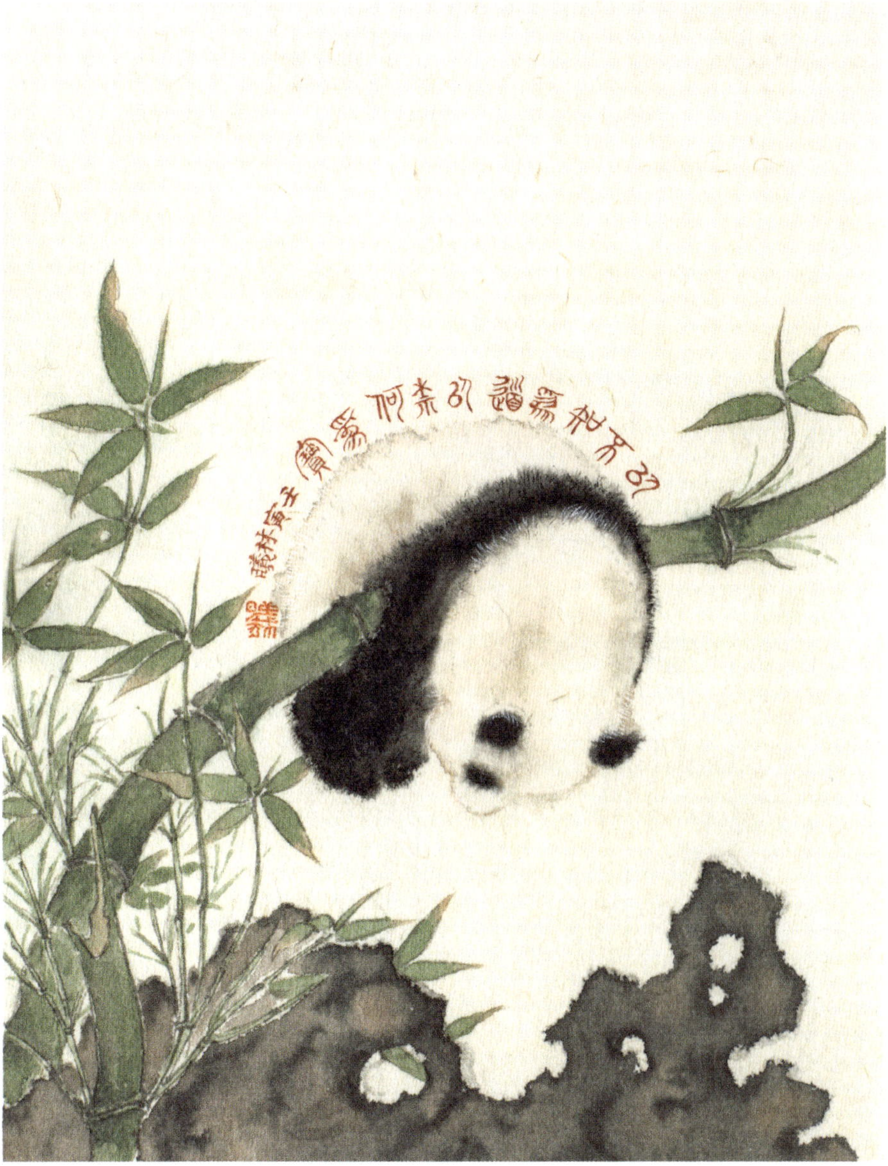

长的时间，需要有社会的进步和大家的共识。但就自己的处境而言，我想最初总是需要有一个人先站出来，让另一方安心。作为子女，从简单的孝顺的心愿和相信父母爱自己这两个角度，其实比较容易先一步做出这个姿态。

做了父母后，我们会更容易理解父母的担心与牵挂，理解这些情绪无非是因为你对他们而言很重要，以及随之而来的在你身上的更多投射。我们更喜欢与朋友相处，因为再好的朋友之间也存在一定距离，这个距离帮我们规避了很多可能会产生的问题。但在家庭中，因为曾经朝夕相处，所以父母在心理上很容易忽略这个重要的界限感，即便他们已经无法再为你负责任，即便我们已经不再需要他们负责，他们也还是处于那种惯性中，于是那些不符合他们意愿的现实便会带来失落和愤怒。当然，这是他们自己的课题，但我们可以试着理解这种心理，让自己的情绪更稳定，在分歧必将产生的时候不强化对立，不做那个激化它的人。

所谓"能者多劳"，在看到客观原因的时候，作为年轻的一辈，我们可以以更加主动的姿态去表达爱、去示好。我们需要有自己的原则，但不意味着只能在紧张对立的情况下坚持它。

还是前面提到的那个原则：你满不满意、你爱不爱我和我爱不爱你不是同一件事情，我们要用这样的力量去消弭并不那么重要的事情，成为主动的人。

最有力的是：各自独立

现在，我也是一个妈妈，内心非常感谢做母亲的这次经历，它让我体会到很多东西，包括重新体谅我的父母。站在子女的角度，我能够更智慧地去处理和父母的关系，看得到重点，有更好的入手处。

周围很多朋友面对父母往往报喜不报忧，好像一旦展现出自身的困境、难处，便正好印证了父母的担忧，接下来就很容易开启"你如果听我的就不会这样了"的争论模式。报喜不报忧是一种方法，但更健康的状况是，我们对带来负面结果的事情有相应的心理准备和成长，而不是把报喜不报忧当成一种应付策略。要清楚地知道，这些带来喜忧的是我们自己的事情，如果我们是真正自立的，那么确实也不需要将自身的难处向每个人广播。换言之，当我们确实可以承担一切的时候，选择"报喜不报忧"才不会是出于委屈和"不得不"。

当一个人在自己的目标下茁壮长成自己时，父母也会为之骄傲。有很多例子，父母原本对子女的选择并不认同，但看到他们的成绩之后，又变得十分开心和骄傲。担忧和怜惜也许是亲子关系中永恒存在的色彩，但我们依然有自主的能力，去改变很多事情。这一点还真是有些成王败寇的意思，当我们向父母展示出自己的独立、证明自己确实能够自立时，其实他们是无法干涉的。当然，干涉对他们而言可能只是习惯性的反应。

说回来，我们也可以问问自己，希望成为什么样的父母呢？就我自己而言，我希望这个角色是一个好的陪伴者和支持者。比如，常常有人问我会不会让小朋友学艺术、会不会让他写书法，我说我会用行动向他展示这件事有多好玩、多有趣，并在他产生兴趣、想要尝试的时候告诉他，这件事并不只是好玩和有趣，还需要付出很多的耐心和努力。如果说完这些他仍想要去做，则不问结果地支持他。

如果要我说做妈妈的心得，那便是：教育也好，相处也好，都要记得孩子不属于自己，他不是一个物品，我们之间不存在一种简单的所有关系，他有自己独立的人格。我会以朋友和过来人的姿态，给他一些参考和帮助，这是恰当而有分寸的给予。

最重要的是，我会和他一起珍视这些体验，告诉他，不管这些体验是好的还是坏的，都是人生的礼物，并且所有的时光都不会再来。

不主导孩子的人生，也不会让他来主导自己的人生；有亲密的情感，但彼此很独立。这是个比较理想的状态，人生只有一次，我们值得为此努力。

从任意一点开始，将相关的努力变成日常对自己的琢磨，在其中经历的成长会保护我们自己和那些最亲爱的人，也让人更有力量、更温暖和包容。

给糯糯的一封信

亲爱的糯糯:

  此刻,你在你的书桌前写作业,很认真的嘴角边还是有两块鼓鼓的、逆光看上去毛茸茸的桃子脸,胖乎乎的手指用力地握着笔,纸上的字迹和你一样,渐渐有了少年的模样。虽然告别了最大号的毛毛虫鞋,但你的神情里还有未褪去的孩童稚气。嗯,那个有奶茶香后脑勺的小男生就要十一岁了。
  而我,学习当妈妈也十一年了。
  感谢这个做妈妈的机会,带给我很多的磨炼和成长。陪你长大的过程,也是重新审视、梳理自己的过程。
  "妈妈"这两个字里有很多的温柔,很多的勇敢。你总说,妈妈是好吃的、好玩儿的,闻上去香喷喷的。但说真的,妈妈是个很有挑战性的工作和身份,没有实习期,没有假期,天天都加班,随时在线。

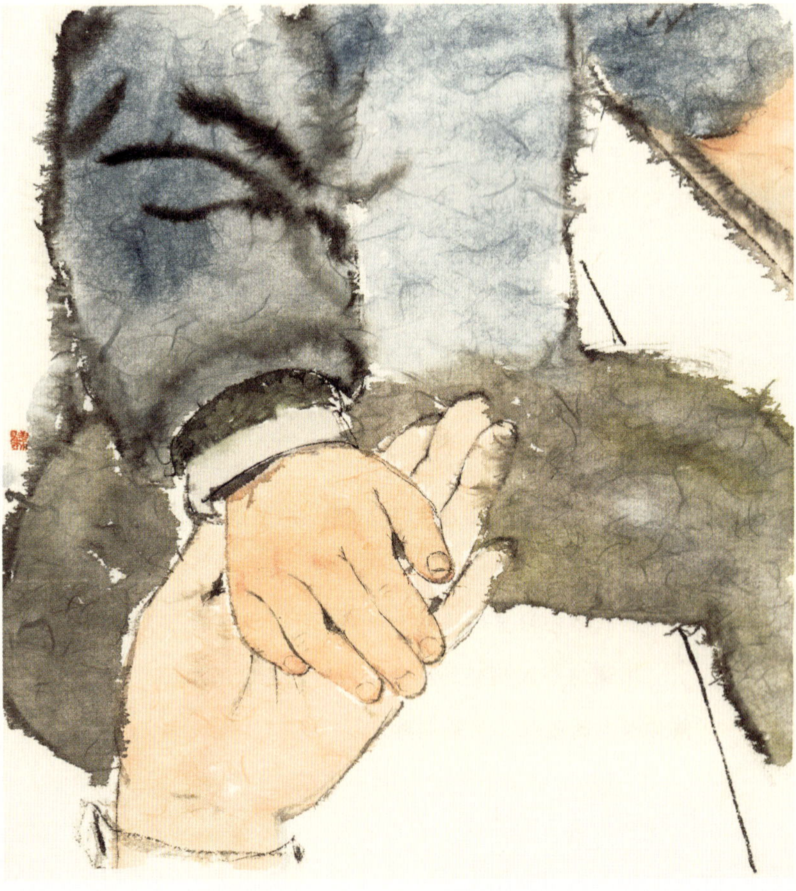

这些劳累和辛苦很不易，但悄悄告诉你，妈妈这个角色真正的难度是时刻都要全力以赴又要练习彻底放下。

全力以赴是每个妈妈的本能，想要给你最好的一切、一个有爱的家庭环境、尽可能美味的饭菜、更多的陪伴关心、更好的教育条件，在悉心关照和自由发展间找到适合你的平衡。

花很多精力全力以赴的事情，要在心里彻底放下真是不容易。但对妈妈来说，最重要的任务是让你真正脱离母体自立。所以，妈妈从全力付出的一开始就要练习放手。

你成长一步，我就要后退一步。母爱不能成为你人生中的负担，我希望你在任何时候想起我，都是轻盈又甜蜜的。

我总是告诉你，为你做的事都是我愿意的、让我愉悦的。

"我都是为了你，所以我如何，你应该如何"这样带着压力的期待让人很疲惫。

我总是相信，自己真正独立，才能让另一个生命独立。先努力让自己的生命丰盛起来，才能分享更多给你。

弗洛姆在《爱的艺术》中这样说："大多数的母亲有能力给'奶'，但只有少数的母亲能给'蜜'。为了能给'蜜'，她不仅应该是一个'好母亲'，同时也应该是个快活幸福的人。"

我想要把我对生活的爱、认真投入的态度，当作"蜜"送给你。

你未来是只自由的鸟儿，飞去追求你自己的人生，而不是始终被一根线牵引着的风筝。

天知道你们长大的世界是怎样的，但我知道你有成为自己的勇气、有付出爱的能力、有为自己争取和努力的信心和毅力，就足够了。孩子不用完成家长未完成的梦想，你只须承担自己的生命目标与蓝图。

有人问我，对孩子有什么期待和梦想？我回答，我对自己有很清晰的期待和梦想，对孩子没有。

夏至，万物繁茂葱郁。十一年前的今天，护士阿姨抱你来躺在我身边，小小一只，熟悉又陌生，我对你说，我是第一次当妈妈，未来要多多关照。

祝你生日快乐。

笔记提要：

1. 放弃要求对方认同自己，将礼貌和尊重作为相处的前提。
2. 让对方放心，主动消融对立。
3. 人各自不同，记得不认同不代表不相爱。
4. 珍惜相处的时光。

小功课：

- 下一次，如果和父母发生分歧，试着主动做那个示好与消融对立的人。

懷抱溫柔 壬寅十月林曦

你为爱做了什么？

像对待宝宝一样，对待爱和对方

有时候和朋友聊起来，爱情好像是个奢侈的话题。我们的生活被生存所需的很多具体事务充斥，被那些刻度一样的进程、那些可供检查的待办事项充斥，于是，爱情这件看来有些无关紧要的事情，好像并不排在我们考量的优先级里。

但我们中的大部分人都渴望进入到亲密关系中，并且可能在很长时间里，都保持着这种生活状态。从这个角度来讲，爱情又是对我们影响重大的事情。

人们已经在目的导向和降低成本的思路上绞尽脑汁，让爱情这件事能够更加速配，比如用一些外在的标准、整合一些条款来辅助判断彼此是否合适，想要控制它的来去，但无论数据多么庞大，计算方式多么科学，也依然没有办法解决心动的问题。

古人说，"问世间情为何物，直教人生死相许"。直到现在，爱情仍难以完全解释清楚，我们很难通过化学作用制造爱情，情感的生灭也不在我们的控制之中。

我总是觉得，爱情以及人与人之间的一切真情，是世界上最珍贵的东西。我们之所以来到这个世界上，也是因为一个"情"字，从佛学的角度看，这是一个"大事因缘"，如何准备和对待，是非常值得去了解和学习的事情。

你们的原点是什么

回想一下，是否有过这样的状况：刚刚陷入热恋时，我们所感受到和描述的那个人可爱美好到令人惊叹；过了一段时间，两人或是分开，或是进入了一种更日常琐碎的生活，还是那个人，还是那些事，在我们的描述中却充满了问题。

在越过恋爱的早期阶段后，我们很容易对伴侣和感情生活生出不满，在指责或控诉对方有什么问题的时候，不妨首先问问自己：为什么我这面镜子投射出来了这些？同样一个人，当初他令我心动快乐的那些特质到哪里去了？

开始的时候，我们可能选择性地忽略了一些对方身上和自己不太匹配的特质，当相处成为日常的时候，才发现一直存在着的另外一部分，这些又是我们不想承担的。这是感情里的一个难题，我们会对爱情报以近于理想圆满的期待，但又没有一个全能的人方方面面都如你所愿。就像你不能要求一个严谨的人一定很风趣，一个敦厚的人一定很健谈，我们无法把几种不同个性、特质所呈现的好处全部纳入自己囊中。

另一方面，因为两个人的关系太近，伴侣能够完全反映出你的状态：你焦虑的时候，对方多少会有些不安；当你没有给予足够的赞美和肯定时，对方很容易处于逆反和寻求认同的状态；你怨气满腹或得过且过，又怎么去要求对方有充满热情的劲头和扭转事态的能量？有太多的问题在与父母亲朋的关系中映照不到，而在与伴侣的角力中则会彻底地体现出来。如果我们想要获得好的关系，首先要足够了解自己，或者说，要试着在两个人的关系中做这件功课，知道自己要什么、对方要什么，以及当对方不得要领时，如何做才能有所帮助和改善。

想一想，最初为什么好呢？道理也简单，那个时候，对方对你所有的付出都是"礼物"，是一种额外的给予，所以我们很容易时刻怀着感激和珍惜，我们不会觉得说"谢谢""爱你"这些充满真心的表达有任何问题。而一旦进入到确定的关系里，心态就变成"你对我付出的一切都是应该的"，随着需求与日俱增，甚至还会出现"你亏欠我"的想法。

其实不是人不如当初好，而是标准和心境不同了。这种偷换标准带来的落差对每个人而言都是一种困惑。

我愿意相信绝大多数人走入一种比较稳定的二人关系都是因为深爱对方，喜欢两人在一起的生活，彼此之间一定有着某种契合与喜悦。那为什么后来我们处理不好呢？我们可以回到原点去看看，或者说回到初心：这个人不是为你而生，他对你的好是因为爱你，而不是因为亏欠，我们不应将所有受益都当成理所应得，也不应漠视对方的优点。要记得这个最基本的道理，并让自己怀抱感激，如果心意真的是从你的心底唤起，对方是可以感觉到的，此时便不那么容易口出恶言互相伤害了。

两个人的生活里，细节各不相同，如果将目标放在厘清绝对的是非对错上，很难获得令双方都满意、没有妥协也没有委屈的结果。更何况这样的标准在亲密关系中，难免显得冷酷了些。相反，气场和环境是具体心境和行为的基础，很大程度上，它们决定着人如何看待一件事情，比如是否值得放在心上，是否要声色俱厉地讨伐。

当然，有人把互相伤害理解为亲密的一种方式，但我还是觉得这背离了人与人的相处之道。每一个人都是父母的宝贝，也是自己的宝贝，都值得被珍爱。珍惜眼前人，也是人能更好地去生活的非常基本的动力。

让感觉好起来

对感情的不满常常来自于我们的要求未被满足，确切地说，是我们对他人的要求未被满足。

每一位新同学来到暄桐教室，都会做一份普鲁斯特问卷，其中有一项是你最喜欢的男性特质，很多女生填写的都是"担当"，这也许在一定程度上代表了一种普遍现象。我觉得，一定程度上，我们被某种社会观念给"绑架"了——尤其是在受儒家文化影响颇深的东亚地区,我们习惯用责任来约束彼此,因此觉得担当是很重要的,尤其是对方对自己的担当。我们觉得这是一种特别重要的美德,甚至是男性本该具备的品质之一,这个并没有确切标准的概念,就成了评判乃至谴责对方的一个关键词。

每个人来到这个世界上都是自由的,其实"担当""责任"这些概念并不存在,并且与自然天性有所背离。想想看,提到责任、担当的时候,总是有一种"不得不"的感觉在里面——你本不想、不喜欢一些东西,因为某些你主动或被动认同的道德观和行事法则,让你"不得不"去承担。当然,也有人在漫长的岁月中适应并"喜欢"上了这种承担,就像我们的一些长辈,他们会以"责任"为生活的动机,奉献和牺牲会让他们感觉踏实。但对于当下的生活,这样的承担已经成为压力,无法满足我们对于美满生活的需求和认知。

这里并不是说责任感应该被摒弃。工作中、家庭里,很多时候我们都需要以它作为原则和工具。但除了责任感,我们还需要趣味、喜悦,需要那些真切的热忱和爱,这一部分常常被视为"无用"而抛到一边,甚至受到嘲讽敌视——从"你能喜欢多久""爱能当饭吃吗"这类的常见句式中就可见一斑了。这些更符合天性的东西被压制之后,又始终需要释放,于是便容易带来很多坏的结果,比如去找别的出口,或转化成不满和戾气,释放在生活中。

所以,当"不满""不匹配"发生时,简单的抱怨或谴责其实无用,最好的方法是让对方的感觉先好起来。还是前面提到过的道理,如果着眼在每一个具体的问题上，事实一时无法改变，反而容易徒增对立和烦恼，而好的心态才是很好的扭转事态的驱动力。

我们也一样，只有在更平和的状态中，才有心情和愿望去看到对方原本就有的优点，那些闪闪发光的东西，也才不会在我们的习以为常中蒙尘，令对方还未到行动的阶段，便在心理和兴致的层面先败下阵来。

让感觉好起来，需要先放下彼此对对方的要求，平衡好自己，好好处理自己的天性与喜好。同时，也不要用担当和责任去绑架他人，更公正地对待自己和对方，这是比担当本身更值得肯定的美德，也更应该做起来。

对于女生而言，越自立，越能启发出自己天然的特质，反映为对他人的关怀和包容。女生天然有这样的优势——一种柔软的能力，相对于男性，梗着脖子拧着的状态更少一些。如果能够主动一点展现自己的这些优势，便比较容易主导一段关系，为之做出一些积极的贡献。

学会赞美

关于如何优化彼此的感觉，有一个功课可以在日常生活中做起来，就是赞美。用我与同学开玩笑的话来说，就是要"昧着良心"地夸。

曦

这个形容并不是说要胡乱表扬。我们的父母一辈可能不善于说"我爱你",我们也需要建立一种表达的习惯。因为从小所受的教育,以及大人们潜移默化的影响,我们似乎养成了一种含蓄的东方性格,不太习惯去主动赞美,更喜欢把一些东西压在心里。这或许是某种程度的自卑表现,使我们即便有所感应,也无法真诚地表达,否则便有种低人一等的感觉。我听过很多人说,自己不当面夸人,要到背后才夸,这可能多少有些好强的意味在其中。当我们发现自己只能对宠物或比自己弱小的生命展现爱的时候,其实要去思考一下,那背后是否藏着好强或自卑。

两个人的关系如果变成某种程度上的竞争关系,往前走的时候很难一路顺畅。在较劲的状态中会顾不上享受,也容易忘记一起生活时更重要的事。我们需要有一种柔软的臣服,把自己放得低一些,不是没有原则和自尊,也不是大事化小的怯懦,而是放下小我的骄傲,去看见和感激对方所做的一切,适当的骄傲会让我们的感觉更好,一旦多起来,对两人的关系真的不是一件好事。

这个小小的点需要练习。在内心深处,要知道赞美不是一种策略,而是因为知道对方并不亏欠我们,对方所做的一切都是出于情意的付出。如果我们能真正地看到这一点,便会比较容易真诚地赞美对方。当你的好意更真诚直接地流露,对对方而言,是很有力量的鼓励和安慰。

一些妈妈在对待宝宝时特别温柔可爱,很有耐心,而面对老公的时候,则立刻犀利刚硬起来,对比鲜明。我想,我们既然可以对小朋友那样说话，那么也可以稍稍做些调整，对爱人抱以同样的态度。孩子会很快长大，有自己的生活，走到自己的那条路上去。与我们真正同路、陪伴左右并且共同成长的是伴侣。两个人在一起相处时，有些状态就像小孩，从相处方式上，像爱和包容孩子那样对待彼此，给予真诚的夸奖，是一个可取的思路。

也总有人说，怎么办，他确实有很多问题啊，不知道从哪里夸起。其实一个人的身上不存在孤立的优点和缺点，包括性格在内，所有的一切都是好坏参半的。

比如，我们有时会表扬一个男性很顾家，会体贴家人，家务也做得很周到，但这个表扬的另一面，可能就是对于他缺少事业心、没有出去闯荡的否定。显然，这并不是两种完全兼容的特质，就像一面认可鱼很会游泳，一面批评它不会上岸爬树一样。

"好"永远是一体两面的。很多善于思考和创造的艺术家不太合群，少于社交，也许对他人而言，这种性格并不讨喜，但对于他的专业精进和自我完成，这又是个优点。我们无法一边享受着一种特质带来的好，一边拒不接受相应的成本，以这样的双重标准待人，会令对方痛苦，不知如何是好。

我们总是会赞美一些东西，但往往并不清楚是什么原因让我们觉得它们值得赞美，而对于一些更加简单、本质的特质却视而不见。比如，我们很少赞美一个人心疼自己，甚至会认为那是自私，但这显然是个更值得肯定的美德，因为真心心疼自己的人会好好满足自己，在这个状态中，他不会寄托于索求而给别人添麻烦，甚至也更懂得心疼别人。

我想，所有的好坏标签通常都来自于评价者的立场——它是否适合你，你是否刚好能承受消化，以及你会用怎样的态度看待它，都影响着人面对同一件事情时所抱持的态度，究竟是批评、赞美还是包容。

夸得具体一点

关于赞美，敷衍式的肯定并不管用，比如你好帅、你好能干，这种模糊而省事的表达是无效的，两个人的交流是从心发生的，真诚与否很容易感受到。谈到方式，就是要"夸得具体"，比如"谢谢你早上给我做的汤，很好喝，比那家饭馆的还好喝"，或是"这次我们有分歧的时候，你的态度比之前都要好，这让我感觉好了一些"……不要觉得说不出口，投入真心总会让人很开心。可以试试坚持三个月，也许彼此的关系会有不小的改观，自己也更容易开心。

善用独处的时间

现在单身的人越来越多，很多女性主动选择了独自生活。这应该是时代的一种进步，它让人有了更多选择。

我们仍然会把过去很多中国女性忍辱负重的能力，或者说是一种厚德载物的美德当作很高的标准，但今天女性的进步和成长带来的多元化的生活同样值得肯定。生活质量提升，认知被打开，人的要求随之变得更高，不再需要忍耐、将就了。

如果想结束单身的状态，我想，不妨先回头看一看自己此时所拥有的"独处"。独处的一个重要意义在于，有更多的自由和时间来让自己成长得更好。

生活的自在和完整并非来自外界，它是人内在的一种能力。一些人身处不错的条件中，却总垂头丧气，感觉事事无可奈何，而也有人在充满挑战和压力的环境中，依然觉得快乐和满足。将希望寄托于外界永远有可能扑空，过度强调外在原因，也常常是在为自己找借口。我们可以这样推论，一个人的时候过不好，两个人在一起也不太可能突然就过好了。

所以，如果觉得单身是个问题，那么便应当积极地去创造解决问题的条件。佛教讲的因缘生法，告诉我们不能直接去要那个结果，而是需要先为之付出，就像先种下种子，浇水施肥，好好培养，然后才有果子一样。我们要让自己过得更好一点，而不是把精力交给焦虑和迫不及待。阳光好的地方，花草树木都会茂盛，一个人自身状态好、能够发光发热的时候，那种气场会令人心甘情愿地被吸引。

向内用功

爱情是一种非常轻盈、像花朵一样娇弱的存在，但如果真正经历

鐘鼎几列琴書帖拓松窗之下圖展蘭室之中簾櫳香靄欄檻花妍雖嚥水餐雲亦足以忘饑永日冰玉吾齋一洗人間氛垢矣清心樂志孰過於此右錄高子遵生八箋卷十一燕閒清賞箋序庚子五月寫生案頭果子作清涼夏安之意結夏安居止步精進用功人生一樂也林曦並記

清絕寰內圖

心無馳獵之勞身無犇臂之役避俗逃名順時安處世稱曰閑而閑者匪徒戶居肉食無所事之謂俾閑而博奕樗蒲又豈君子之所貴哉孰知閑可以養性可以怡生安壽斯得其閒矣余嗜閑雅好古稽古之學唐虞之訓好古敏求宣尼之教也豈直好稽之敏以求之茗曲阜之鳧岐陽之鼓蔵劍渝鼎兒戈和弓制度法象先王之精義存焉者也豈直別寄搜奇為耳目翫好哉故余目閒日遍考鐘鼎彝書畫法帖蜜玉古翫文房器具纖細究心更校古今鑒藻是非辭正悉為取裁若耳目所及真知確見每事參訂補遺似得慧眼觀法他如焚香鼓琴栽花種竹靡不援亙方家

考验，慢慢修炼，它也会变得无比坚韧强大。

其实与爱人相处这件事，和我们写好一个字、画好一幅画、插好一枝花、做好一顿饭是一样的，需要进行很多的练习，需要付出很多的耐心。

没有什么人比朝夕相处的爱人更值得获得我们的关注、尊重和珍惜。所以在爱情里，最怕的是我们向对方投射了太多基于匮乏状态的需求。大多数对于自我完成的需求，应该是我们自己的责任，而不应该推给爱情，推给你的伴侣，但是爱人绝对是促使我们成长和提升的最佳陪练。

和你一起生活的伴侣是最真切体现你真实价值观的存在。你会发现，伴侣既是你过去所有经验积累下的选择，也体现着你生命当下的状态以及未来的可能的趋势。当人拥有精神性的、思维性的、外在于物质层面的独立状态时，才有比较大的概率获得美好的爱情。

我们都希望天上掉下来一个完美的爱人，这和希望天上掉馅饼的期待差不太多。世界上最不可控的，或许就是爱情了，所以需要更多地练习、接纳与臣服，以及向内用功。

我觉得徐志摩讲的还是对的，爱人是一种福德，"得之我幸，不得我命"，缘分这个东西需要我们种下更多善的、正面的种子，才会不断生长。

好好在一起，也好好告别

对待爱情，我们其实可以更放松、更活在当下一些。

找到一个人终其一生，这样的想法十分美好，也的确有幸运儿经历了恰好合适并从一而终的关系体验，但这并非常态。这样的期待也会带来巨大的压力，带来目的性和功利性的杂念，会让两个人的感情里出现一些多余的问题。

万千人中，两个人相遇，又彼此选择，已经是一件很难得的事情，不如"目光短浅"一些，把注意力投向在一起的每一天，好好相处，彼此珍惜，把那些暂时决定不了的东西，比如天长地久，交给命运。当人把当下过好，彼此能分享快乐的时候，其实不太会担心明天怎样，这样一来有了好的底子，抵得住变化，二来因为有好好相待，所以无论未来如何，都没有遗憾。

从本质上说，爱情中不应该有伤害。一路走到头的关系并没有那么多，对于分手，可以以一种更为成熟健康的态度看待：在一起很好，不在一起也很好。在一起是因为我们很合适，这段时间里，我们共同分享彼此的人生；不在一起可能是因为我们的愿景不同，路途分岔，各自要走向不同的地方。

正因为爱情无常，我们才更要珍惜。如果一个人降生之后，便注定这一生好歹都要和对方相伴，那么我们的呵护与经营，想必也不会那样恳切用心，不会习惯性地去优化彼此的关系。在每段需要道别的关系中，对于遗憾，我们不必要求自己强作潇洒，但也要明白，分开之后彼此交恶，变成仇人，可能是无法接受和认同自己的表现，因为我们需要设定一种立场，用来掩盖或解释分开的原因。

如果还没有结婚，在有机会的情况下可以多谈谈恋爱，多尝试真诚地付出爱，去了解他人，也去犯错和收获，这样更容易激发同理心和包容心，也会更加懂得该如何爱。

有人害怕挫折，觉得受挫之后就不能爱了，也不再相信爱情，但所有的过去都不能决定当下。我非常不认同用原生家庭解释一切的说法，好像可以以此为理由纵容自己的错误，合理化此刻的不如意。我想，如果从上帝视角看，每个人一生中遇到的不开心，总量应该是差不太多的。最光鲜和最普通的人都要遇到生老病死、挫折别离，是将它们作为养分，从中长出更好的自己，还是沉溺其中，顺着这力道随波逐流，都由自己决定。我们都有决定的机会，关键是我们选择认同什么。

此刻，每个人都是一个完满充沛的生命，可以全情投入地去爱，和年龄、身份、存款、前一段感情如何关系不大。把自己生命中好的部分呈现或激发出来，并且慷慨分享，这正是爱的价值。

笔记提要：
1. 不要把对方的好当作理所当然。
2. 面对一些暂时难以改变的事实，好的心态是更有意义的存在。

3. 学会具体地赞美。

4. 好好利用独处的时间。

5. 在一起时,好好珍惜,不过度操心明天和结局。

小功课:
- 从明天开始,练习看到对方的优点,具体地夸赞对方。
- 如果还单身,那么可以用更多的独处时间,来更好地成长,成为让人愿意趋近的光热之所在。

今夜让我们少谈一些高远的志向，来多吃一些好吃的吧

我们可以让花椒更香，只是看你要还是不要

"太好吃了，你会尖叫的"

一日三餐的间隙中，我总是喜欢在厨房里继续料理一些什么，好像是生活的部分背景和底色。知道此刻溜走的时间都对美味有所贡献，心里就会很踏实。

烤箱里烤个点心，破壁机里做个陈皮红豆沙，大砂锅里炖着一罐老火汤，或是咕嘟着关东煮，甚至只是泡发点花胶、海参，腌制点下一顿的食材都行。

照顾好饮食，对一家人的健康很重要。健康营养和饕餮美味之间想要平衡好，确实需要下些功夫。

餐厅里的饭菜不好一直吃，很多时候，为了口感好，通常要加比较多的调料，口味都比较刺激。连着吃几顿重口味，就会觉得身体负担有点过重，容易长痘，尤其是晚餐，吃油腻了也影响睡眠质量。自己做饭，可以把控和选择能力范围内最好的原材料，食材没问题，烹

调就相对简单许多。

了解家人的口味，谁喜欢吃什么都能兼顾到。小朋友大朋友吃到美味的时候脸上自然地扬起笑意，眼睛里闪着光，那一刻真是有一种"妈妈力"指数爆表的成就感。有时想想，虽然日常花了不少时间和精力买菜、做饭、收拾、处理食材、研究不同的菜谱，但吃得心满意足时，那个疗愈的感觉还是很值得的。

有一天家人讨论说想要吃绿咖喱鸡肉，于是立刻去菜场定了土鸡腿，第二天中午就端出一锅用浓浓椰浆熬制的泰式绿咖喱鸡腿肉和蔬菜，还有用砂锅焖的晶莹的米饭。儿子把一大勺咖喱浇在饭上，迫不及待地吃了一口，对我说："小猪，你快尝一尝，太好吃了，你会尖叫的。"最后，一家人连锅底的锅巴都吃干净了。

在小朋友放假时，重点是午餐，晚餐则会清淡点。上学时，晚饭就会给他吃好点，万一中午在学校吃得不满足，可以弥补一下。

我很喜欢读读菜谱，多读、多实践练习便能灵活变通。做饭时我很随性，有时会翻翻冰箱里有什么，随机搭配。看菜谱其实也需要灵活，不然采买压力很大。比如，中午吃得略为重口味，晚上就做了个清淡些的丝瓜丸子汤。丸子的肉馅里加半个切成细丁的香梨，可以增添些爽脆清甜的口感，比纯肉丸子要好吃。平时做丸子常常加荸荠，今天正好有个梨，派上了用场。

想不到吃什么的时候，就延展发挥一下，其实一道丸子就有好多可发挥的，可以选鱼丸、加豆腐的鱼肉丸子、虾丸、墨鱼丸、牛肉丸，等等。

慢慢做饭对我来说是个很好的休息方式，很多关于授课的好点子，都是在做饭的时候想到的，做饭让我很放松，人放松下来，才容易有灵感。

最简单的快乐

吃好吃的东西，可以说是人生中最简单同时能最快获得满足感的事情了。

人活一生，要面对的那些难，诸如生老病死，几乎都已写定，不过也有几样快乐与生俱来，长期有效，比如睡好就精神饱足，吃好比较容易开心，都是单纯的满足。饮食讲究一些、吃得好一点所带来的快乐，是成本很低、效果却很好的。

西晋时期的名士张翰因为对皇权世道感到失望，便以家乡已是菰菜鲈鱼的季节为由离官归乡了——秋风起了，我要回去吃好吃的了。古往今来有很多这样的故事，功名利禄需要努力追逐才可能获得，但随着四季轮转的食蔬自乐是个永远的人生台阶，只要掌握好火候，便不会辜负此时此地的丰沛。

我很爱吃，也很爱做饭，愿意花很长时间、赶很多路，去吃一口自己喜欢的，愿意好好地去满足自己。以前有个朋友说，看我吃东西就觉得很香。我想，对待饮食的态度很重要，把吃饭当作一件需要认真的事情，才会有安然享受的状态，吃得出多番滋味，胃口自然也就很好。

我的书架上有一排是各种菜谱。自己下厨做饭，对我而言，最重要的是一种复现和实践美食的需求。曾经在一家越南餐厅吃过一道法式炖牛尾，觉得太好吃了，回去查了各种菜谱，反复尝试，最后做出味道几乎一样的牛尾时，那种成就感真的很强，和画出了一张满意之作的心情是一样的。

我很喜欢的英国设计师伊尔莎·克劳福德（Ilse Crawford）曾写过一本书，讲生活之美，其中一个场景让我印象非常深刻：一张大理石案子上堆满了各种干果、水果、蔬菜，一旁有一双戴着首饰的很美的手在切菜，画面上有这样一句话：食物就如同爱情一样，要么不碰，要么全情投入。我对这句话深有体会，做饭的时候如果饱含热情，真的会更好吃，如果只是为了果腹而应付，就很难美味。可见，即便在做饭这样的寻常事中，是否用心也很重要。。

我对这句话深有体会，做饭的时候如果饱含着热情，真的会更好吃，如果只是为了果腹而应付，就很难美味。可见，即便在做饭这样的寻常事中，是否用心也很重要。

一些方子

在这里分享几个我做饭的简单方子给大家。

现磨花椒面

现做花椒面和花椒油味道特别饱满，尤其是花椒面，一定要把花椒微微炒过再磨。比如，刚做好的麻婆豆腐，撒上现做的花椒面，味道和香气会提升一个层级。

蒸里脊

有一阵看《饮膳札记》，学到了这道菜，特别好做，效果也非常好。

选一整条里脊肉，用盐、酱油、料酒、花椒、姜末和一点白酒腌好。其他你喜欢的香料也可以尝试放进去，然后按摩一下，用保鲜膜包起来，或放在一个容器里，用保鲜膜盖好。把里脊放在冰箱里冷藏两到三天，让它把调料的味道都吃进去。腌好拿出来后装盘，倒一点酒、一点油，上锅蒸。蒸到什么程度呢？用筷子可以轻松戳进去就好了（里面还微微有一些粉色也没有问题）。晾凉之后切片。真的非常好吃，早餐可以下粥，晚餐可以佐酒。

咸菜炒肉末

不同种类的咸菜，用肉末炒一炒都很香。

肉馅一定要加淀粉和水拌匀，很多人喜欢加鸡蛋清，但我不太喜爱。不管是做丸子还是肉末，要口感好，就得把握好淀粉和水的比例，要有耐心，少量多次加水，慢慢调和，成品的口感才会细嫩。炒的时候放一两根长辣椒，可以提味，也可以加豆豉或纳豆，炒在一起都非常香。

曦

果干糖水

我有"一万个"煮糖水的方子,因为它可以随意搭配。

准备一些果干,比如无花果干、梅子干、梨干、桃干等,以及桂花这样能添香的食材。可以把不同的果干组合在一起煮,也可以切一点鲜果进去。关键是起锅的时候要放一点用酒泡过的果干,风味会很有层次。记得放入酒渍果干后不要久煮,酒精会挥发掉,减弱香气。

可以选用朗姆酒渍葡萄干或其他干果。白酒,比如五粮液也是一种很好的食材,用五粮液泡的草莓干味道非常好。

红薯点心

北京的红薯特别好,把红薯蒸熟、去皮,放一点点奶油,捣成泥,然后就可以自由发挥了。可以加入各种配料,比如葡萄干、开心果、榛子、腰果碎等,团成一个一个小团子,表面刷一层油——葡萄籽油、橄榄油或别的油都可以,我自己倾向于用黄油,更香一点。把红薯球放进烤箱,烤得表面有一些金黄,拿出来撒一些芝麻就好了。要更好看,可以再切一块小小的水果放在上面,这种中式点心特别好吃,又不油腻,很健康。

汤圆

我是南方人,特别爱吃糯米丸子一类的东西。我自己总结了一个汤圆的做法分享给大家。把糯米粉打细过筛,将开水和凉水各一半混合,加入糯米粉中。揉成光滑的面团后再搓成长条、切小块。

黑芝麻炒熟，加入葡萄干、花生、夏威夷果还有红糖一起打碎，火腿切细丁，再来半块黄油。将这些食材混合拌匀，放进冰箱冷藏半个小时，定型后拿出来搓成小球，就可以包了。

汤圆其实也不止煮这一种烹饪方法，还可以放到烤箱里烤，烤的比煮的还好吃，大家不妨试一试。我曾在一家法国餐厅吃到一道汤圆，也是用的烤的方式，上面还撒了各种乳酪碎，很好吃，也觉得很开心，有一种和大厨心有灵犀的感觉。

糟卤

一到夏天，桌上有盘"糟一切"，就感觉很清爽开胃。

自己做糟卤汁的好处是味道可以调整。加点话梅，加点桂花，酒香中会更有层次。买来的糟卤汁常常会过咸，自己做可以适当减少盐量，清淡点，更能轻松吃下一大盘。

糟虾、糟鸡翅、糟鸡腿、糟鸡爪、糟猪肚、糟带鱼……真的万物皆可糟，具体做法是：

1. 食材分别煮好，煮的时候可以加姜片和一点点花椒。鸡翅大约煮十五分钟，鸡腿二十分钟，虾两分钟以内。

2. 煮好的食材放在冰水里镇一镇，口感会更有弹性，当然单纯放凉也可以。

3. 倒上之前做好的或买来的糟卤汁，汁水要没过食材。然后用保鲜膜封好碗口，或用有盖子的玻璃容器封装好，放入冰箱冷藏一个晚上（如果是糟毛豆，浸泡两小时即可）。

吃之前半小时拿出来放在盘子里，让食材回温，就可以开吃啦。

购买现成的糟卤汁最方便，如果有闲暇，想要自己尝试配制糟卤汁，可以参考这个配方：水、花雕酒（我还会放一点点白酒）、酱油、花椒、八角、姜片、葱、盐、糖、酒酿、话梅、陈皮，混合熬制，再放凉。关于用量，中餐常常是凭经验、感觉随手放，所以没有固定克数，按自己的口味调整比例就好。

草莓酸奶

太热的时候，总想吃点凉的，我会动手做个草莓酸奶夏日饮料解馋。

新鲜草莓加黏稠老酸奶，再来一勺蜂蜜，放在搅拌机里做个思慕昔。再摇个蒲扇，读两页书，就是夏日炎炎里的幸福时刻了。

待它如艺术

现在很多人觉得出门吃现成的比较节约时间，但其实路上的时间加上等位、点菜甚至席间寒暄的时间，可能比自己在家做一顿饭还要长一些。

当然，做饭也需要感觉，最开始做出"黑暗料理"也不要气馁，不妨试着多做几次，去找找手感。相对而言，西餐菜谱比较容易学，因为原料计量准确，会有具体的克重，而中餐菜谱常常写着"盐少许""醋少许""油少许",这样的表达可能会让人抓狂,但它背后更重要的信息是,你可以按照自己的口味来调整。

现在有一些学做饭的应用软件很好用。你会发现,同一道菜很多人都做过,各自有方法和窍门。我们会拥有很多的参考和指南,但任何一个菜谱都不能代替你对食物的基本理解,并且需要根据自己的偏好调整,让食物满足你的味蕾。

在这一点上,我觉得做饭和中医开药方很像。好的大夫对于药材的选取和配比都有自己的经验,也要根据对病人情况的了解调整,所以同一个方子,药材的比例不同可能会带来截然不同的效果。做饭也是,炒一种蔬菜,你会发现,放一个红辣椒和放两个红辣椒味道是不一样的,辣椒烧得焦一点还是生一点,味道也不一样。做水煮肉的时候,最后撒的那层芝麻非常关键,热油淋上去,芝麻熟到几分会决定香气的浓郁程度和状态。四川人做一些菜的时候会先炒调料,若希望香气好,冷油小火是非常重要的一点,如果用大火爆炒,味道一下就被闷住了。再如泡茶,我们会把热水注到茶叶底下,让它从下面包裹茶叶,而不是直接从上猛浇下去,这样茶叶的滋味会慢慢地释放,每一泡有不同的香气。

如果说食物要用艺术家式的敏感和科学家式的好奇心去对待,真的丝毫不为过。烟火之事不可轻视,一件日常的小事,把自己的才华能力投入进去,不管浓淡生熟,只要实现了那个"恰恰好"的结果,便是技艺的乐趣之所在了。不同音符编排在一起产生的和谐声音是好听的,不同线条和颜色协调地组合在一起是好看的,做饭之人的匠心

一茶一飯
用心一花
一草喜樂
庚子立冬
林曦於北京

和才华，也在于善于料理出一个合适的比例，这与任何一门艺术背后的道理都是相通的。只要有心、用心，就尝得出来，也做得到。

当食材不丰富的时候

回想自己的成长经历，我很小的时候便一个人来北京读书，然后慢慢自立、做事、成家。在这些过程中，当然也遭遇过很多的困难，有相应的挑战要面对，但是回忆起来，一直都觉得特别甜蜜。仔细想想，大概是因为我把注意力放在了如何让每一天都过得好一点、把每一件事都做得让人快乐一点上吧。

我想这种态度不在于物质的丰沛程度，而在于我们是否有好胃口，是否拥有兴致和创造力。就像我曾收到过的一个问题：如果食材不那么丰富，比如只有一包方便面，该怎么做呢？

我对此确实没有太多的经验。如果是非油炸的面，更容易做得好，但无论是什么，不妨先打开冰箱，总有点菜、几个鸡蛋和一点调料。用一个小锅倒点油，把调料炒一炒，把蔬菜切成丁，加一点姜、蒜、酱油烧一烧，做一个红烧的浇头。要是还有点肉，那就可以炒一个肉臊了，再煎一个鸡蛋……把所有东西都放下去一起煮不容易好吃，一定得面是面、浇头是浇头，喷香地盖上去，这样心情都会比较好。各种面煮的都是一个火候，其间要往里头添冷水，煮得好的面不能软烂无筋骨，而是要富有弹性，吃起来爽滑劲道。

记得电影《苏黎世情缘》里，年轻的厨师要为喜欢的女孩做顿晚饭，但食材只有面粉、半个橙子、两个鸡蛋和薄荷糖。他摊开双手，女孩却说，生活就是这样，有什么就做什么。于是就着那几样简单的东西，他也做出了一份精致的面条：用橙子佐味，鸡蛋分离蛋清蛋黄、煎出，薄荷糖烤融压薄，碾碎了撒盘做装饰。用心在其中，我觉得如果肚子有眼睛看得见，都会感动得微笑。

有时候，"好"不完全取决于我们手上有什么。古人说"敝帚自珍"，意思是你珍惜了它就不敝，更何况现在我们的选择相较以前着实丰富精致了许多，不论做还是吃，有没有好好做、有没有好好吃，都决定了它是糟糕还是美味，就像我们可以让花椒更香，只看你要还是不要。

从呵护生命的角度看，好的东西供养着我们的眼耳鼻舌身意，为自己多收集和存储快乐的、正面的经验，会让你在一些艰难时刻可以过得更顺利一些。

还是那个道理：每个人一生要经历的不开心、面对的挑战和遭遇的艰难总量是类似的，有些人看上去活得比较高兴，一定有他的方法。我自己的方法很简单，就是过好每一天，少谈一些高远的志向和目标，而是对自己好一点，更心疼自己一点，把每一刻的品质过得再高一点，以及给自己多做一些好吃的。

帮我给这道菜起个名字吧

在市场买了块鸭胸，本来想做法餐里那种有酸甜橙子味道的香煎鸭胸。又问了问先生和糯糯——我家食堂的两位长期食客，想吃什么样的鸭肉。

我自己脑子里浮现的是小时候外婆每年夏天都做的姜爆鸭子。先生说想起来曾经吃过的一个很好吃的樟茶鸭。糯糯爱吃烤鸭，对鸭皮的脆香很着迷。

于是，我在脑子里整合了一下。做法是我凭感觉的创作，写下来分享给大家。

因为缺了熏制这一步，于是就不能叫樟茶鸭，但做法思路是类似的，把炸换成了烤。我想换成鸭腿用这个做法料理也会好吃。

鸭皮表面用刀划出花纹，放入海盐、蒜末，再加一点百里香、一点酒，放冰箱里腌制一晚。这和油封鸭腿的做法类似。

第二天早上，先烧一锅葱姜水，煮开，把鸭肉放下去烫定形，一两分钟就好。这一步还挺重要，不然之后卤制的时候容易变形。烫好捞出来。

锅里加少许油，把烫好的鸭胸肉，慢慢煎到皮变色，鸭皮里的油脂大半都出来了。下葱姜蒜粒，葱白可以略多点，和鸭肉一起小火煎香。

如果这时有精神在旁边用小炒锅炒点糖色最好，没有也没关系，炒糖色如果掌握不好，容易失败。但是我比较抗拒用老抽酱油上色（很多含色素），宁肯颜色不够漂亮。

确定鸭肉煎到很香很香，鸭皮也很漂亮了，便可以往锅里放开水了（也可以用刚刚烫鸭子的姜葱水），水没过鸭肉即可。加入香叶、八角、草果、豆蔻、干辣椒、花椒、陈皮、黄酒、冰糖和酱油，卤水的配料比例请按自己口味来。

卤水煮滚后关到最小火，就可以去做别的事了。密封好的铸铁锅比较适合做卤这一步，卤水不会流失太多。

一个半小时左右关火，然后就让鸭肉在卤水中静置到晚饭前。

快吃晚饭了，把鸭肉捞出来，在鸭皮上刷很薄一层蜂蜜，放入烤箱上下火 200 度，烤十分钟。每家烤箱脾气都不大一样，以表皮酥脆为准，这一步第一次做千万别走开，很容易回来之后功亏一篑，烤煳。看到鸭皮整体变色，在烤箱里吱吱冒油，鸭肉变得紧实就可以拿出来了。

放在盘子里，凉一凉，在表面撒点花椒粉，我还切了一点百里香碎，或者也可以淋一点点花椒油加卤水。

上桌切片，切一片消失一片，两个男生为了最后一口还非常虚伪地互相谦让，抹嘴的时候不忘苦心劝我，做一块鸭胸也是做，做四块也是做。为啥就做一块呢？

想想也对，说得有道理。

笔记提要：

1. 要好好享受生命中那些最简单也最易让人获得满足的快乐，比如吃好吃的。
2. 用心吃饭才会有好胃口。
3. 日常的小事也值得投入才华和能力。
4. 很多事情，如果你愿意，都可以把它变得更好一点。

小功课：

- 带着享受的心，去研究一道自己喜欢的菜，比如尝试用三种方法来做它，并且找到最适合自己的味道。

提问林曦

1. 美

Q：林老师，你为什么这么美？

A：谢谢，我当作表扬收下了。我想，当一个人活得比较开心的时候，面容会慢慢舒展，哪怕随着年岁增长，长出皱纹，也还是愿意笑，并且笑得更开心一点。我想，不要放弃生活中那些最细小的美好。吃好一顿饭，睡好一觉，认真亲亲你家宝贝的脸，认真和伴侣说"我爱你"，以及认真和你爱的人表达爱，让那些你觉得重要的人体会到他的重要。所有这些正面能量都会反馈回来，我想那比什么保养品、护肤品都要管用。

古人说"相由心生"实在很有道理，活得开心的人，面容自然是好看明朗的。

2. 一心一意

Q：现在很多人的职业慢慢从单一型向复合型转变，像您既是一位画家，同时也是书法老师，一天的时间那么短，我们如何将主业与副业的优先级分配好？是先写字，还是先画画，应该怎样去处理我们的事情？

A：明代有一位文学家叫屠隆，他给好朋友高濂的《遵生八笺》写了篇序言，其中一句让人很有感触，"人禀有限之气神"。我们现在能够体会到时间有限，其实人的能量、精神，以及由此带来的专注力也是有限的。

以有限之气神面对无限的消耗，自然需要选择和取舍。我的方法很简单，比如今天下午要和大家做分享，那么我就全身心投入这件事，脑子里没有第二件事情。我们的消耗在于习惯了一心多用，做事省着力气，或者浅尝辄止、走马观花，但同样花费了很多时间和精力。

在一段时间里用尽能量、把事情尽量做到更好，就好像一口气呼到尽，然后自动再吸气。电池要充满，就需要先把电放干净。做好了当下的事，就很容易放下，去做下一件。

我们现在的问题往往不是能不能做很多件事，而是因为没有在每一件事情中尽力，于是做下一件事的时候便会有诸如后悔、自责的情绪，这种情绪的牵扯是最为消耗而无益的。所以当我们面对许多件事的时候，除了清楚它们的优先级和必要性，最重要的便是在当下尽力，一心一意。

3. 毛笔

Q：能推荐好用的毛笔吗？

A："工欲善其事，必先利其器"，工具是重要的，但不是最重要的。我会建议大家什么样的毛笔都试一试。一个大侠出门，如果只能用某一把剑，这不是很可怕的事情吗？真正的功夫是长在手上的，没有功夫，再好的毛笔都发挥不出它的好来。

开始写字时，建议大家多试一试，选择最顺手的笔。我们把手的控制力放在一边，笔毫的软硬、纸张的吸水程度、墨的浓淡等因素都在作用着，这些因素综合起来，决定了你写下的那一笔。和泡茶一样，水、温度、投茶的量，以及不同的器皿，都会对茶汤产生影响。多尝试，记录感受，才可能有真正的了解和控制。

4. 篆隶楷行草

Q：书法学习一定要按篆隶楷行草的顺序进行吗，篆、隶可以不学习吗？

A：我总是说，篆隶楷行草依次写过来，就像一个人经历的成长，从坐到站到奔跑，慢慢地，手底下的可能性就变大了。

如果把书法当作一种实用性工具学习，几年就练一个书体，看起来是最有效、最快的方法，但就跟弹钢琴只弹《致爱丽丝》一样，如果很快就进入一种风格或套路，而不重视基础和积累，就不容易跳出来，手底下便没有能力去实现更多的可能了。

在我的课堂上，第一个阶段主要通过练习篆书、隶书来掌握用笔的基础，相当于先长出身体的强度和力量，然后再依次学楷、行、草，在能力累积的基础上，逐渐实现不同的"动作"和风格，这样是比较健康和扎实的成长方式。

笔法有一万种，但归根结底只有一种，就是能好好把那"一笔"从起笔到收笔，将所有动作处理完。就像运动员一样，你会发现，他们的赛前训练，练的都是最基本的东西。基础是一切的前提，地基有多深决定了能够长多高。

练扎实了基础，便可经由不同的书体、不同风格的碑帖，去挑战和实践不同的难度和风格。随着功夫的精进，以及"素材"的累积，我们的书写和由此而来的自我表达会更加顺畅、自如。

5. 学习的窍门

Q：书法可以通过自学进行吗，有什么学习的窍门？

A：我觉得只要肯学，没有一件事情是不能自学的。难点不在于能不能自学，而是以什么样的方式自学，以及我们的学习能力是否可以支持我们的进步。

自学的本质是自己当自己的老师。我此前和同学们说过，老师就是你的眼睛，眼睛引领着手的实现，所以能看到什么是重要的事情。如果眼睛的像素只有 200K，便没有办法引领你去完成一个 10M 精度的手上的任务。要知道，除了手的用功，其他方面也要跟进，才会有好的学习效果。

在我看来，教学的核心之一就是让大家有能力把一个字写像，但这不是最终目的，能不能自己将这一点悟出来、实现出来，找到正确的方法，这种自学能力的培养是更重要的。

我比较反对消遣式的学习，一生很快就会过去，每时每刻都无比珍贵，所以要有一种使命必达、就地解决的态度，不要敷衍地面对正在做的事，不浪费自己和他人的时间。学习最重要的"窍门"，便是你是否竭尽全力，是否尽心尽力、人到心到。比如，临一个字就要用尽方法、不省纤毫地去写像它。

自律并不容易，所以有老师在旁督促，还是会有效率很多。当然，如果真爱一件事情，总会去做的，不同的只是时间早晚。这份心就像一颗种子，无论是跟随老师，还是自己摸索，都不妨先放宽心，行动起来，让这颗种子有萌芽的机会。

6. 入世和出世

Q：老师怎么看待"出世"的心？

A：其实并没有孤立于"入世"之外的"出世"，我们在同一个世界里，天堂地狱都在一时一念之间。比如，我们在一个房间里交流分享，虽然很热，也有点挤，但大家还是蛮开心的，而在另一个时刻，同样很热、很挤，我们可能就觉得不能忍受。

此时就还好，但换一个环境就无法忍受，这是为什么？情况并没有变，是你的一念让你产生了"天堂"和"地狱"的感受。

出世和入世也在一念之间。一个绝对孤立于"世内"的状态，其实抹却了很多生而为人应该经历的历练，即我们来到这个世界上的意义。

这个世界处于一种相互依存的关系中，我们来到世间，也存在于依存之间，你好了，会使得他人也好；你身边的人好起来，你也会因此而受益。二者并非零和博弈的逻辑，必须有一个你输我赢的结果，彼此对立。"出世"和"入世"也是这样，如果你没有一种安住当下、自在隐匿的心，那么不管到了哪里，无论是多偏远的山林，都无法安住。

而且，如果没有入世的投入和需求，人便不会体会到"出世之心"的必要和快乐，感受到的大约是山上时刻围在身边的蚊子，以及没有空调等现代化设施所带来的不适。有些东西看上去很美，但最终还是由自己的心境决定的，所谓"大隐隐于市"也是这个道理。如果人为地将出世和入世对立起来，相当于给自己设置了一种没有"赢面"也无解的局势。

7. 钱

Q：一般人工作都是为了钱，您对钱怎么看？

A：我觉得，我们生活中那些原本可以带给人更多养分和甜蜜的事情，被太多的模式、"短平快"和"薄积厚发"消耗掉了，被简单化和标准化了。

比如财富，它是一种能量，用得好才有意义。再比如，工作的核心就是人要做事，但是可能因为能力有限、选择有限，被迫做了很多事后，对做事本身产生了负面的感受。于是，人将钱作为了评估价值的唯一标准，或想着要早点退休，或者快速把公司卖掉，但事实上，工作跟生活应是互相滋养的关系，钱是当我们做出了贡献之后自然而然的回馈。

对今天的大多数人来说，温饱已经不是问题，但你会发现，很多拥有相当财富的人活得并不像他们期待的那样快乐，财富甚至成为磨难、灾难。中国传统文人比较在意一个人的德行和他拥有的能量、资源是不是能够匹配，福和慧、资粮和承担是否匹配是很重要的。

转译一下古人的话，当你感觉匮乏的时候，要问问自己有哪些做得不够或不好的地方，如果一个人真正贡献了价值，老天爷是不会亏待的。但我们大多数时候想的都是"我要什么"，以单纯地索取为目的，就很难有健康的状态。当我们拥有很多的时候，需要想一想，"老天爷"希望自己做什么，也就是说，当个人所得超出了一个人的支配能力或需求时，要尽可能去省思，有没有做出相匹配的贡献，以及可以如何做。

8. 国学

Q: 请问您如何看待国学？

A：随着时代的发展，我们越来越清楚地意识到传统文化与古人智慧的宝贵。

我想，作为炎黄子孙，那些原本就藏在我们基因中的东西，比如琴棋书画的风雅、诗书藏家的美德，其实是很值得学习的，否则会觉得有点可惜。

关于国学，我觉得它不是一个固态的静止的存在，比如画定一个圈，然后说这些圈出来的是我们的学问，或是说我们过去的一切叫"国学"。

所有的学问，都建立在哲学的基础上，关乎我们的价值观，以及我们如何看待这个世界。因此，继承不是全盘接受，不同时代中，我们会有所选择，有所扬弃，取精华，去糟粕。

那是一个验证的过程，将传统放到当下的实践中去验证。一些与当下语境不匹配的东西便留在了历史中，而那些有所助益的则会由我们继续发展。如此经过时间验证，留下来的东西才更有厚度和营养。

所谓国学，便是这样一种东方式的性情、智慧和美，以及带有这种特征的存在，一种中国之美。

它不是孤立的中国之美。所有的文化都在文明演化的进程中不断生长，也始终伴随着与其他文化的交流、融合和随之而来的衍生。

打个比方，这片树林跟那片树林之间有一条分界线，不是因为它们是不同的树林，而是因为你需要一个认知和辨识的框架，一个结构性的存在，所以才有那条线。时间也是这样，我们期待的结果和过程之间其实并没有绝对的分割——那个叫结果，这个叫过程，从更大的格局来看，一切都是一体的，在连续不断的变化和发展当中。

想想看，是什么样的力量，让每年春天到来时，叶子变绿，虫子苏醒，鸟儿鸣唱？让生命历程中有成长，有衰老，有新的生命诞生？

推动这一切的其实就是宇宙"一生二，二生三，三生万物"无限衍生的力量，即中国人所谓的"道"。

这个力量的特征是向前演进，是进步的，是"天行健，君子以自强不息"，而不是觉得今天不好，否定当下，要"回到一个理想过去"。后者是一种与"道"相悖的状态，势必会带来反作用力。当我们无法与当下建立正面的关系，如果你不喜欢自己，不喜欢自己所处的此刻，那一切都不会好的。

流水不腐，要知道，我们今天也在生长和塑造着新的传统。

另外，关于中国的文化，我提得比较多的是传统与文人。

传统是比较客观的历史沉积的总和，而文人的审美趣味会成为我们拣拾、选择的依据。进一步说，我会更聚焦于"审美"的传统形式，书法、绘画、读诗，等等。

读诗不是为了显示诗背得多、有学问，而是去真切体会古人精炼语言当中的艺术和用词的奥妙，去体会心与外物相应所触发的表达，以及言之不尽的余味。写字不是简单地要把字写好，而是在功夫的练习中，让自己长出定静的力量，以及增加一种了解世界、欣赏这难得的抽象之美的途径。

我觉得诸如这样的学习和体验更加有意思,也对丰富我们的人生体验、提高生命的品质,有着真切的帮助。

9. 老师

Q:当老师,您有什么收获呢?

A:收获之一就是当我再看到许多陌生面孔的时候,想法跟过去不一样了。

从写字楼一眼望去,路上红绿灯交替,人流来来去去,我们很少把这些人看作一个个真实的有着丰富质地的生命。由于当老师,我接触了很多的陌生人,慢慢发现可能因为害羞,可能因为不擅长,那些没有向你表达善意和真心的、没有表情的面孔背后,往往有着一颗特别生动有趣的心。

10. 起跑线

Q:我不喜欢太苛求孩子,但又很怕不严格要求,他会输在起跑线上,该怎么办呢?

A:今天,我们常感焦虑和慌张,但一定程度上,一些恐慌并不是必要的。比如，一些已经解决了某些问题、获得了一定资源的人，反而会带出新的比较和恐慌，在不自觉间，也以此提升了自己优越感。

我们要想到，什么才是真正的标准？

资源很宝贵，但也要思考一个问题，大家进入一种万众一心挤独木桥的局面，其实在某种程度上否定了人的差异性。我们无条件地坚信和跟随某种路径，很可能在用一种模式化的定式对待天赋、性情各不相同的孩子，并且忽略了快乐的价值。也许在付出很大代价后，最终可以得到想要的，但如果人不快乐，这一切又有什么用呢？

这是我们今天要共同面对的问题。很多看起来很优秀的人都承受着相当大的压力，并且这些东西还会传递给周围的人以及社会。

我听到过一些批评，说林曦就是和一群人高高兴兴写字、读书，然后吃蛋糕、赏花，安于自己的快乐。我想，这有什么不好吗？一些人的人生观秉承着一种逻辑，觉得自我的快乐和他人的快乐是矛盾的，事实是如果自己都过得不开心、深感匮乏，怎么谈得上有余力影响他人，怎么真心贡献呢？

其实并没有一条线叫起跑线。让一个孩子按照自己的节奏成长，并且拥有让自己快乐的能力，而不是简单地让他按照一套人为制定的规则和标准进行"压模"式的训练，这应该是在小朋友的成长中更值得关注和投入的事。

11. 欣赏

Q：请问您欣赏什么样的男性呢?

A：我喜欢的男性的特质就是天真、萌，有自己的所爱。

一个男性无论是五岁还是七十岁，在看一个喜欢的东西时，眼里会闪闪发光，持续去钻研它，没有功利的目的，有无穷无尽的精力，只是因为这是自己喜欢的，这是很打动我的，应该也适用于其他人。当一个人真正投入到自己热爱的事情中时，那份光彩和魅力与他外在的身份、美丑都没有关系。

不喜欢刻意取悦他人、知道自己要什么、有自己的世界、以自己为中心活着的男生，也是蛮可爱的。

林曦的提问

我想问大家的问题是,你最近一次感受到内心踏实和甜蜜是在什么时候,是怎样的情况?

在一个"无用"的世界里，
不是说不要去产生结果，
而是我们可以专注在一个向内的世界中。
我们不用成为一个另外的人，
也不用想要去讨好谁，
就已经在享受着安心和快乐。

图书在版编目（CIP）数据

无用之美 / 林曦著. －－北京：北京十月文艺出版社, 2023.5
ISBN 978－7－5302－2295－9

Ⅰ.①无… Ⅱ.①林… Ⅲ.①随笔－作品集－中国－当代 Ⅳ.① I267.1

中国国家版本馆 CIP 数据核字（2023）第 069690 号

无用之美
WUYONG ZHI MEI
林曦 著

出　　版	北 京 出 版 集 团	
	北京十月文艺出版社	
地　　址	北京北三环中路 6 号	
邮　　编	100120	
网　　址	www.bph.com.cn	
发　　行	新经典发行有限公司	
	电话 010－68423599	
经　　销	新华书店	
印　　刷	北京盛通印刷股份有限公司	
版　　次	2023 年 5 月第 1 版	
印　　次	2023 年 5 月第 1 次印刷	
开　　本	880 毫米 ×1250 毫米　1/32	
印　　张	9.5	
字　　数	230 千字	
书　　号	ISBN 978－7－5302－2295－9	
定　　价	79.00 元	

如有印装质量问题，由本社负责调换。
质量监督电话　010－58572393

版权所有，未经书面许可，不得转载、复制、翻印，违者必究。